思想与艺术的互动
列夫·托尔斯泰小说的意义再生机制研究

Interaction between Thought and Art
A Study of the Meaning-regeneration Mechanism in Lev Tolstoy's Novels

孙 燕 ◎著

东南大学出版社
SOUTHEAST UNIVERSITY PRESS
·南京·

内容提要

本书运用洛特曼的文化符号学理论中的"对话机制""异质性""穿越界限""时空观",以列夫·托尔斯泰的《战争与和平》《安娜·卡列尼娜》《复活》三部长篇小说为主要研究对象,对其中的意义再生机制进行逐步分析,揭示其作品在意义再生机制上的差异性与相似性,为我国文学批评界解读文学经典提供了值得借鉴的途径。

图书在版编目(CIP)数据

思想与艺术的互动:列夫·托尔斯泰小说的意义再生机制研究/孙燕著. -- 南京:东南大学出版社,2024.12. -- ISBN 978-7-5766-1758-0

I. I512.074

中国国家版本馆CIP数据核字第20249ZD823号

责任编辑:刘　坚(635353748@qq.com)　　责任校对:子雪莲
封面设计:王　玥　　责任印制:周荣虎

思想与艺术的互动　列夫·托尔斯泰小说的意义再生机制研究
Sixiang Yu Yishu De Hudong　Liefu·Tuoersitai Xiaoshuo De Yiyi Zaisheng Jizhi Yanjiu

著　　者	孙　燕
出版发行	东南大学出版社
出版人	白云飞
社　　址	南京市四牌楼2号　邮编:210096
经　　销	全国各地新华书店
印　　刷	广东虎彩云印刷有限公司
开　　本	700mm×1000mm　1/16
印　　张	11.5
字　　数	220千字
版　　次	2024年12月第1版
印　　次	2024年12月第1次印刷
书　　号	ISBN 978-7-5766-1758-0
定　　价	78.00元

本社图书若有印装质量问题,请直接与营销部调换。电话(传真):025-83791830

前　言

本书所属学科的研究方向为外国语言学及应用语言学下的文化符号学与诗学研究，旨在透过文化符号学的视角，研究由艺术语言构成的文学文本。具体来说，本书将运用洛特曼的文化符号学理论来阐释托尔斯泰的文本创作意义，进而解析其小说独特的意义再生机制，并努力探索一条经典文学文本的符号学解读路径。

本书将以列夫·托尔斯泰（Lev Tolstoy，1828—1910）的《战争与和平》（*War and Peace*）、《安娜·卡列尼娜》（*Anna Karenina*）、《复活》（*Resurrection*）三部长篇小说为主要研究对象，运用塔尔图-莫斯科符号学派领军人物尤里·洛特曼（Yuri Lotman，1922—1993）文化符号学中的"对话机制""异质性""穿越界限""时空观"等理论，对列夫·托尔斯泰三部文学文本的意义再生机制进行逐步分析。

列夫·托尔斯泰的创作一直是我国外国文学研究界关注的重点问题之一，托尔斯泰也被誉为19世纪伟大的现实主义作家，他的创作被视为是"最清醒的现实主义"。然而，学界曾很难阐释这位伟大作家的艺术创作与思想观念之间的矛盾，往往觉得其思想性有碍于他的艺术创作，甚至不自觉地将二者对立起来，实际上，思想探索不仅丰富着托尔斯泰的艺术创作世界，而且推动着其作品的创作体裁和表现形式。只有把托尔斯泰的创作艺术与他的思想精神探索融为一体、综合研究，并在此基础上发掘其创作艺术的内在机制，才能对托尔斯泰的文学艺术有较为深刻和全面的认识。

本书在绪言部分概述了洛特曼的文化符号学理论，并将其作为研究方法论，在"创作方法与世界观之间的矛盾"问题上，文化符号学理论指出，作品中思想的复杂性会促使作品艺术形式呈现有机性与动态性，而艺术结构的动态性又发展出了不同的思想。遵循这一方法论，本书将对《战争与和平》《安娜·卡列尼娜》《复活》三部长篇小说逐步进行分析，从而揭示这些作品的艺术价值不仅仅在于现实主义艺术手法的描写，而是在于思想与艺术动态作用下无限拓展的文本空间。这个空间有着独特的意义再生机制，不同的读者可以进行不同的阐释。

在第一章研究综述部分，著者对不同视域下的国内外托尔斯泰研究所呈现出的"多元共存"的发展态势，进行了较为详细的梳理。无论俄罗斯研究学者，还是英美研究学者，他们都在托尔斯泰思想性研究上取得了丰硕的成果。但在一些研究成果中，尤其在托尔斯泰思想性与艺术性关系的问题上，还有所保留。

本书第二章旨在努力探索托尔斯泰创作《战争与和平》时的精神历程，并揭示其创作中现实与精神对话之间形成的文本意义再生机制。托尔斯泰将人与"天道"同一的理想，等同于实现"自然至善"，使得小说文本从表层上来看，记载着"战争"与"和平"的历史生活，但却在深层次上展示着人物受精神思想的洗礼，走向自然和谐的心理活动。由此，小说形成了"生活"与"心灵"双重交织与互动的独特对话形式，构建了小说双层叙述的独特艺术形式。

第三章深入探究托尔斯泰在创作《安娜·卡列尼娜》时的思想与艺术的互动，在这一时期，托尔斯泰把"天道"理解为爱与至善，要与"爱"实现同一。在此基础上，该小说的艺术形式由二元对立走向融合同一，形成了一个中心由外向内编织的网状结构。

第四章旨在探讨托尔斯泰晚年时期的思想性与艺术表现方式之间的密切关系。作家从人类的精神本质出发，提出博爱、尊重、忍耐和救赎的"救世思想"。与此相呼应，在小说《复活》中，作家构建了"现实"

"信仰""自我"三个有限的空间层次，并以此来表现多维而无限的世界，凸显了艺术文本的空间模拟机制。

第五章借助洛特曼的"符号圈"理论，发掘托尔斯泰小说创作及其独特的文本意义再生机制形成的缘由。这一符号圈，从历时性上说，主要就是托尔斯泰本人的生活经历和历史演变过程；从共时性上看，则是托尔斯泰所处的社会现实生活和文化语境。而且，这一宏观的符号圈内还交织着各个不同的符号圈，包含文化符号圈、身份符号圈、生活符号圈，而生活符号圈又包含着上流社会圈与底层生活圈，哲学思想符号圈内也存在着各种不同哲学观的符号圈等。托尔斯泰创作艺术正是形成于这些符号圈的动态穿越之间。托尔斯泰将描写对象置于复杂的符号圈之中，让其在边缘与中心、内空间与外空间、我文化与他文化的密切联系、互动、渗透中，不断与异质元素对话，从而产生新的意义。

本书结语部分总结了托尔斯泰思想中"天人关系"的嬗变，导致了三部小说意义再生机制的形式迥异和变迁，同时对全文内容进行总结，并指出后续研究的可拓展空间。结语部分也同时指出，文学经典文本没有确定的、终极的意义，一千个人眼里或许有一千个哈姆莱特，这意味着文本并不存在终结性的解读。正是由于托尔斯泰在一生的创作中，让他的人生与其文本创作中不断变化的人物、地点、文化以及意识形态相互作用，才使得其作品变得有血有肉、丰满迷人。在文化符号学分析方法的帮助下，本研究对这些经典文学文本的意义生成机制进行了分析，由此在揭示经典文本超越时空界限得以流传的原因时，也为相关读者阅读经典文学文本提供有价值的借鉴。

通过以上不同层次的分析，本书确定了思想与艺术的互动在托尔斯泰小说意义生成机制过程中的重要作用，初步研究托尔斯泰不同时期不同作品的意义生成机制。无论是人物的"我—我""我—他"的对话，还是作品中不同思想意识的对话与碰撞，我们都可以看出，托尔斯泰因为在创作过程中展现出其道德、伦理、艺术、文化等方面的丰富性与包容性，才实现了其作品文本的复杂建构、思想冲突，并激发了读者的想象，促进多语言、多文化在读者思维中的转换，扩大了文本的可阐释空间，实现了文本意义的不断产生。

因此，对托尔斯泰不同时期的思想探索与艺术创作进行参照和对比，揭示其作品在意义再生机制上的差异性与相似性，并将洛特曼的理论建构与托尔斯泰的文艺实践相结合，既可以加深对洛特曼文化符号学理论的进一步理解，又能够更加深刻地理解托尔斯泰的创作，尤其是对创作方法与世界观矛盾问题的理解，这为我国文学批评界解读文学经典提供了值得借鉴的途径。

目　录

绪言 ……………………………………………………… 001
　第一节　研究目的、意义及研究方法 …………………… 003
　第二节　研究思路、研究内容及创新点 ………………… 005

第一章　各国托尔斯泰研究综述 ……………………… 013
　第一节　中国托尔斯泰研究综述 ………………………… 015
　第二节　英美托尔斯泰研究综述 ………………………… 027
　第三节　俄罗斯托尔斯泰研究综述 ……………………… 037

第二章　历史与心灵：《战争与和平》的双层艺术结构 …… 045
　第一节　统一的世界：人与自然 ………………………… 048
　第二节　"我—我"：时空中的自我对话 ……………… 053
　第三节　"我—他"：空间中的位移越界 ……………… 059
　第四节　"战争"与"和平"：经纬交织的异质性 …… 066

第三章　"爱"的同一：的网状叙事机制
　…………………………………………………………… 077
　第一节　对话与同一：走向真理 ………………………… 080

第二节　自我与他者：融入共同 …………………………… 084
第三节　罪恶与救赎：回归本然 …………………………… 088

第四章　人性的苏醒与回归：《复活》的空间叙述机制 …… 093
第一节　怪诞的世界图景："监狱"与"自然" ………… 097
第二节　"信仰"的内涵：有限性与无限性 …………… 103
第三节　双向救赎：自我与他者 …………………………… 109

第五章　丰富的人生履历：符号圈的跨界穿行 ………… 119
第一节　从贵族走向平民化 …………………………… 122
第二节　从卢梭到叔本华：自然良知与自由意志 ………… 126
第三节　科学与艺术 …………………………… 134
第四节　批评家与小说家 …………………………… 138
第五节　社会历史语境的越界：走向更广的文化空间 …… 144

结语 ……………………………………………………… 151

参考文献 ………………………………………………… 159

致谢 ……………………………………………………… 175

绪 言

列夫·托尔斯泰的创作一直是我国外国文学研究界关注的重点问题之一，托尔斯泰也被誉为是19世纪伟大的现实主义作家。然而，学界曾很难阐释这位伟大作家的创作与其思想之间的矛盾，这就是学界经常提及的"创作方法与世界观之间的矛盾"问题。本研究将运用尤里·洛特曼的文化符号学的理论及研究方法，把托尔斯泰的文学创作文本看成是一个具有主体性的独立存在，努力发掘艺术文本的意义生成机制，揭示文本的可阐释空间。此项研究不仅对全面认识托尔斯泰的文学创作艺术，而且对于文学与文化关系的探索，以及文学研究方法论的创新，都具有重要的意义，为我国文学批评界解读文学经典提供值得借鉴的途径。

第一节
研究目的、意义及研究方法

对于艺术家托尔斯泰与思想家托尔斯泰之间的关系问题，诸多研究者通常的解决办法是认为"先进的创作方法可以克服世界观的局限"，在充分肯定托尔斯泰现实主义艺术的同时，批判他的思想观念，同时指出他是如何按照社会现实生活发展的规律来创作，从而克服其思想的羁绊。学界往往从各自不同的角度表达着类似的意思，比如十分崇敬托尔斯泰的罗曼·罗兰就说，"我深深地热爱托尔斯泰……我爱托尔斯泰，只因为他和他的学说毫无相似之处"（陈燊，1983）[44]。普列汉诺夫对托尔斯泰提出了较为犀利的评论："俄罗斯伟大的作家只是作为艺术家才是伟大的，绝不是作为一个教派信徒。他的教义并不证明他的伟大，而是证明他的软弱，也就是证明他的社会观点的极端狭隘。我们越是爱戴和尊敬这位伟大的艺术家，就越要为他的教义的迷雾感到悲痛"（倪蕊琴，1982）[250]。

我国的俄罗斯文学界已经习惯于从身份上来区分作为艺术家的托尔

斯泰和作为思想家的托尔斯泰,将前者赞美为"心理分析艺术大师",而几乎是彻底地否定思想家托尔斯泰,甚至将他的思想与消极、反动、落后、愚昧等相提并论。然而,艺术家的托尔斯泰是无法与思想家的托尔斯泰相分离的。精神探索是托尔斯泰毕生为之奋斗的事业,而他的文学创作又是与此息息相关的。这位伟大艺术家的创作艺术中渗透着思想探索,成为其艺术创作之魂,而他的创作艺术又以自己的独特方式丰富其思想内容。也许不会有人否定,思想内容对艺术假定性手段的丰富和发展,以及对文学创作的想象空间拓展。没有思想方面的影响,很难想象人类文学艺术的辉煌成就。

实际上,思想探索不仅丰富着托尔斯泰创作艺术的世界,而且在文学艺术的创作体裁和表现形式上也发挥着积极的作用。只有把托尔斯泰的创作艺术与他的思想精神探索融为一体、综合研究,并在此基础上发掘其创作艺术的内在机制,才能对托尔斯泰的文学艺术有更为客观和全面的认识。

为了达到此目的,尤里·洛特曼(Yuri Lotman,1922—1993)的文化符号学思想,无疑提供了方法论的指导。洛特曼曾明确指出:"文本不再是一个固有的客体,而是成为了一种功能。这种功能与人脑的功能相类似,能够传递、保存和创造信息"(康澄,2006)[182]。其实,文本与我们人类的大脑一样,是一个非常复杂的有机系统,在文本中彼此相异的子结构之间进行着对话与游戏,由于它们之间的交织、互动、碰撞,激发了文本内在的多义性,进而构成了意义的再生机制。由此,本书把托尔斯泰的文学创作文本,看成是一个具有主体性的独立存在,努力发掘艺术文本的意义生成机制,揭示文本的可阐释空间。

在"创作方法与世界观之间的矛盾"问题上,洛特曼曾强调:"作品的思想性与艺术性是融为一体的,二者共存于同一结构之中"(康澄,2006)[32]。也就是说,作品的内容与形式是互动的关系,思想的复杂性会促进作品艺术形式的有机性与动态性,而艺术结构的动态性、发展性又发展出了不同的思想。显然，创作于 19 世纪的三部经典长篇小说（《战争与和平》《安娜·卡列尼娜》和《复活》）的艺术价值，明显超出了对 19 世纪俄罗斯社会现实的客观反映，而是在思想与艺术动态互动的作用下，让文学文本的空间不只是一个创作所反映的当下社会现实空间，而是一个可以被无限拓展的空间，一个不同时代读者都可以不断阐释的空间，这个空间有着独特的意义再生机制。在这个机制的作用下，文学文本可以随着不同的读者而创造出不同阐释。

第二节
研究思路、研究内容及创新点

本书将从思想与艺术互动的角度，借助于洛特曼文化符号学理论，努力探索托尔斯泰长篇小说的内在艺术构造，发掘其文本的意义再生机制，以期为解读文学文本的经典性提供启示。本书的研究对象是托尔斯泰的著名长篇小说，即《战争与和平》《安娜·卡列尼娜》和《复活》。这三部长篇小说分别代表了托尔斯泰不同时期的思想精神探索的内容，也展现出了三种独特的意义再生机制。同时我们将借助洛特曼文化符号学理论的一些内容，主要有"符号圈"概念、"符号圈"的基本性质、"文本空间模拟机制"等，对文本进行逐个分析。

关于洛特曼的"符号圈"概念，他借鉴了生物圈的概念，人类生活在生物圈中，离开这个生态环境人类将消亡。同样的，"符号圈"概念的提出旨在描述人类文化和语言的整体环境。"符号圈"指的是所有符号系统及其相互作用形成的复杂整体，涵盖了人类所有的交流形式，包括但不限于语言、艺术、习俗和社会规范等。它强调的是这些符号系统之间如何互动并共同构成了人类的文化世界。生物圈将从太阳那里获得的能源，通过转化将无生命变成有生命；符号圈则依赖各种符号构成物的运作，将非信息变成信息。它拥有产生信息的机制，同时也是信息生成的场所。这一概念的提出无疑为文学文本分析提供了多维度的研究视角，能够揭示文本的复杂性、动态性和文化关联性，也适用于多种文学现象的分析。

具体而言，在提出"符号圈"概念的基础上，洛特曼指出了"符号圈"的一些基本性质，首先就是"符号圈"的"不匀质性"，即"符号圈"中充斥着各种性质迥异的符号，它们处于不同水平上，这使得整个符号圈从内在组织上说是不匀质的。在这一观点下，我们可以看出，其实文学文本空间里就是由多种异质元素（如叙事、描写、对话等）构成，这些元素的互动与变化，构成了文学文本意义的动态过程的潜力，使得文学文本不再是一个僵死的代码结构，而是相互联系、动态系统的集合。如在《战争与和平》中，安德烈的人生经历就充斥着不匀质性与不确定性，报效祖国的理想与屡遭挫败的现实、个人爱情的渴望与集体利益的牺牲等等。在这些要素的相互对话与交织中，塑造了安德烈的性格是开放的、多元的。《安娜·卡列尼娜》中安娜的性格同样也充斥着异质元素：爱情的追求与母爱的坚守、婚姻的背叛与负罪感的煎熬等等。这些要素的相互对话与交织，使得安娜呈现出了独特的人性魅力，而不再是一个不守妇道的刻板形象，打动着不同时代的读者。

其次，洛特曼还指出了"符号圈"的另一重要、基本的特性，即界限性，在人类文化的各个不同发展时期，不同的界限占据着主导地位，如政治界限、军事界限、语言界限、社会阶层界限等。界限不仅分隔了不同的符号系统，还允许信息和文化元素在不同系统之间传递和交流。一方面，界限是分隔不同文化领域的屏障；另一方面，它们也是文化交流和互动的桥梁。在此基础上便有了"穿越界限"的概念，主要体现在符号系统间、文化间、文本与读者间的跨越等方面。在文化层面，"穿越界限"体现为不同文化符号圈之间的交流与融合，如西方的圣诞节文化传入中国后，与中国的本土文化相结合，衍生出了具有中国特色的圣诞庆祝方式和相关文化符号。同样在《战争与和平》中，皮埃尔从上流社会，再到共济会、鲍罗金诺的战场、被法国人囚禁的监狱，再到与娜塔莎的家庭生活，皮埃尔每次都是穿越现实的空间结构进入另一个迥然不同的空间结构中，带有原空间文化结构和文化记忆的皮埃尔与新的空间碰撞、交流，产生新的文化意义。

再次，对于"符号圈"，洛特曼提出了对话机制是一个核心概念，它强调了符号圈内部以及不同符号圈之间的动态交互关系，洛特曼认为："在符号圈中，实现着一种文化与另一种文化、一种文化与多种文化、多种文化和一种文化的现在与自己的过去及未来的对话。这些对话不仅是多层次的，而且规模大小不等。可以说，整个符号圈都轰鸣着对话的回响"（康澄，2006）[139]。也就是说，从文本意义的发生器来看，对话是意义发生的关键。在文本之间，对话都在源源不断地产生，既有人物间的对话，还有人物自身随着时间的流逝，进行着过去与未来的心灵对话，也有文化元素的对话。为此，本书通过文本细读，试图将洛特曼所说的"我—他"及"我—我"对话机制从文本中挖掘出来。

以上这些理论主要是围绕文学文本的分析，但洛特曼的文化符号学有一条清晰的研究脉络，即"符号—文本—文化—符号圈"，符号形成文本、文本形成文化、文化形成符号圈。因此在对文本的符号圈模式进行分析之外，还应将所选的三个文学文本放到更广阔的文化符号空间当中，分析托尔斯泰的人生与文学创作是如何在不同层次、不同类型符号圈的界限中来回多次"穿越"的，以及这些界限的"穿越"给托尔斯泰的整个艺术生命所带来的影响。

最后，是关于"文本空间模拟机制"。符号圈的不匀质性、不对称性和界限性，阐释了艺术文本内在各子系统的运行机制。符号圈本身就是一个极富空间色彩的词汇，符号圈理论在一定程度上就是一种空间理论。洛特曼进一步提出："艺术文本具有空间模拟机制……艺术文本严整的结构性使得它对现实生活的模拟不仅具有空间的性质，而且它所模拟的空间是'世界图景',其有限的空间具有无限的延展性"(康澄,2006)[63]。也就是说,艺术文本因其整体构造产生的意义世界具有空间性质,能在其有限的空间中折射出多元的、无限的意义。《复活》是这三部长篇小说中最能体现"空间感"的一部小说,在表达超越时空的"爱"的伦理思想时,形成了现实、信仰、自我三个空间维度,造就了这部文学经典独特的文本意义再生机制。

作为方法论,洛特曼文化符号学还有许多理论值得本书借鉴。由于学者前辈们已经对该理论作出了大量详细而系统的介绍,所以在本书中就不做具体介绍。

基于以上方法与思路,本书具体章节安排如下:

第一章文献综述部分分别梳理托尔斯泰的国内外研究现状,通过对文献的分类总结以及对比,理清国内外托尔斯泰研究的发展态势,把握本研究的发展动态,判断本研究在研究托尔斯泰的世界图景中的位置及价值,寻找本研究可以拓展的研究空间,从而为更进一步研究提供支撑。需要特别指出的是,本书主要着重于英美国家的托尔斯泰研究文献资料,对于俄罗斯方面的研究,我国学者已经做出了许多有意义的成果,而英美国家对托尔斯泰的研究,同样也存在着大量的研究成果有待参考与发掘,因为托尔斯泰既是"民族的",也是"世界的"。

第二章围绕《战争与和平》展开研究,深入探索托尔斯泰追求实现"自然至善"这一理想在该小说创作中的具体艺术表现。考察小说中书写历史生活的"战争"与"和平",与人物在心理世界中由"战争"走向"和平"的精神历程,揭示小说形成的生活与心灵双层交织和互动的独特对话形式。同时,本章将分析小说中众多人物的生活线索与心理世界中主人公个性的内在脉动。所有这一切构成了这部长篇小说文本空间的不匀质性,形成了小说的意义再生机制。

第三章主要分析《安娜·卡列尼娜》,结合托尔斯泰在19世纪70年代的思想精神的改变,把绝对真理理解为"爱与至善",从而表明安娜这一典型人物就是与"爱"同一的形象显现。在具体情节里，因"爱"本身含义的复杂矛盾性和冲突，再加上自我世界无比丰富的安娜，二者同一的道路是极其复杂的，这就使得小说在时空上形成了一种既对话又同一的网状式文本意义再生机制。

第四章主要以托尔斯泰晚年的长篇小说《复活》为研究对象，探讨托尔斯泰后期创作中的思想内容与艺术表现方式之间的密切关系。作家从人类的精神本质出发，提出博爱、尊重、忍耐和救赎的救世思想。与此相呼应，在小说《复活》中，作家构建了"现实""信仰""自我"三个有限的空间层次，并以此来表现多维而无限的世界，凸显了艺术文本的空间模拟机制。本章依照小说不同人物在不同空间中的对话，以及人物性格与不同环境冲撞中表现出的不匀质性，从这三个空间层次揭示小说文本的意义再生机制。

第五章借助洛特曼的文化符号圈理论，发掘托尔斯泰小说创作及其独特的文本意义再生机制形成的缘由。本章将托尔斯泰本人及所选的三部经典作品，置于更大的符号空间当中，分析托尔斯泰的人生履历创作对不同层次、不同类型符号圈界限的多次"穿越"，以及这些"界限穿越"活动给托尔斯泰的思想发展带来的影响。需要指出的是，关于这一章的标题："丰富的人生履历：符号圈的跨界穿行"中，"人生履历"浅层意义上是指托尔斯泰人生经历的丰富，比如作家的参军经历、创办学校等等，但更多的是指作家精神上的丰富履历，正是因为作家不断地穿越身份、文化、学科、艺术、科学符号圈的界限，不断与新的思想、意识形态对话、碰撞、转换、融合中，使得他的经历本身就是一个值得研究的社会对象；再通过研究其生命与创作的重叠交错、现实与模拟的不断转换，揭示其整个艺术生命不可预测的新意义。

本书的创新之处在于：首先，以洛特曼的文化符号学理论为主要研究方法，系统性地研究了托尔斯泰的长篇小说的创作。从多线索结构的四卷本长篇历史巨著《战争与和平》，到双线索结构的两卷本《安娜·

卡列尼娜》，再到单线索结构的单卷本《复活》，这种文本艺术结构由复杂趋于简单的变化过程，是与托尔斯泰思想精神嬗变过程紧密关联的，只有将这三部作品进行系统比较与研究，才能对托尔斯泰在创作方法的变化及其原因有较为全面的认识。而洛特曼文化符号学的研究方法作为一种动态的文本解读法，强调了思想与艺术的互动，深入文本的内核，以文本思想的复杂性，来发掘文本内部各子系统以及文本与文化符号圈内各系统的多重互动，从而挖掘出文本的意义再生机制，为文学批评解读经典文本提供了方法论意义上的指导。

其次，本书选择的具体研究对象是托尔斯泰的著名长篇小说，即《战争与和平》《安娜·卡列尼娜》和《复活》，这三部长篇小说分别代表了托尔斯泰不同时期的思想精神探索，对比这三部完成于不同时期、以不同思想内容探索创作出的作品，我们可以对托尔斯泰一生的思想变迁有个系统的认识。目前，对托尔斯泰思想的研究一般还是把注意力集中在托尔斯泰精神激变之后，即其晚年阶级立场转变后，重点分析其间的"托尔斯泰主义"。事实上，"托尔斯泰主义"的形成是托尔斯泰一生艰苦的精神探索的结果，因此，对于托尔斯泰思想与创作关系的研究，应贯穿到托尔斯泰一生的精神探索中，并看到托尔斯泰整个思想探索历程的走向。无论是他早年形成的"自然至善"思想，还是中年的他将绝对真理"内在化"的观点，都融合在了《战争与和平》和《安娜·卡列尼娜》的创作实践中，都是其晚年形成"托尔斯泰主义"的精神探索的重要组成部分。

最后，作为伟大的作家，托尔斯泰的人格和思想也是复杂而矛盾的，"他的内心充满挑战权威和反抗权力的激情，甚至会燃起革命者的热情和冲动，但是，他用思想的柔软而结实的绳子，捆住了自己飞向革命之海的翅膀……在感性能力上，他天赋过人，只要他愿意，他就可以写出任何观察过的人和事物最隐秘的本质，但却缺乏足够独立和强大的理性意识，终生匍匐在圣西门、卢梭、叔本华、蒲鲁东和约瑟夫·德·

梅斯特伯爵的脚下……"（李建军，2018）[14]。因此，在对托尔斯泰作品文本意义生成机制进行研究的同时，我们有必要将作家本人及作品还原到一个更大的符号圈中，分析托尔斯泰的人生对不同层次、不同类型符号圈界限的多次穿越，以及这些界限穿越活动给托尔斯泰的创作带来的影响，从而对作家"思想与艺术"互动关系的研究有更加全面且深刻的认识。

从气势磅礴的长篇巨著《战争与和平》到两卷本的《安娜·卡列尼娜》，再到只有一卷本的《复活》，虽然篇幅越来越少，但容量并非相应减少，我们如果运用洛特曼的文化符号学作为研究方法，并结合托尔斯泰思想的相关内容，把这三部文学经典作为一个有机的整体，即具有主体性的生命体和各自独立的叙述主体，来发掘这些经典文本的意义再生机制的话，相信将能揭示这一机制如何推动着读者参与到文本意义的生成活动当中，激发读者的思考与想象，将为"创作方法与世界观之间的矛盾"问题的研究提供有价值的参考，从而为进一步探索文学经典解读提供新途径。

第一章
各国托尔斯泰研究综述

俄罗斯伟大作家列夫·托尔斯泰留下了一笔极为珍贵的文学遗产。在众说纷纭的托尔斯泰研究论著中，由于托尔斯泰本人及其作品本身的复杂性与包容性，来自不同文学立场的研究者们各抒己见，不但褒贬不一，甚至针锋相对，有些问题的争论一直延续到现在。这样，我们就有必要理出托尔斯泰研究的脉络，以便弄清楚不同时代、不同国家、不同文学流派的研究者们是如何进行批评的，也为今天的研究提供启发。本章首先将回顾国内外托尔斯泰研究现状，试图厘清国内外研究的背景、脉络和范围，进而力图把握其研究的发展方向与动态。

第一节
中国托尔斯泰研究综述

我国对托尔斯泰的研究比较早，可以追溯到19世纪末20世纪初。此期托尔斯泰的许多重要作品，如《安娜·卡列尼娜》《复活》等不断地被译介，到20世纪40年代末，他的一些重要的长篇小说就已经出现了多个译本，且反复再版。译介之外，当时学界关于托尔斯泰的评论开始出现，鲁迅、郭沫若、茅盾等都写过关于托尔斯泰的文章。但彼时，托尔斯泰主要是以思想家甚至思想革命家的身份影响着中国社会。托尔斯泰对官僚社会的全面批判，对劳苦大众人道主义态度，以及崇高的人格和博爱主义，很符合当时中国知识分子开展社会启蒙的思想需要。张成军曾指出，"'五四'知识分子承担着破除旧传统，批判旧社会，弘扬新道德，建设新文化……这一切他们在托尔斯泰的作品里均找到了呼应，找到了启示，也找到了范本。因此这时人们主要关注的是思想家的托尔斯泰，而非艺术家的托尔斯泰"（吴迪，2019）。以这一时期新文学旗手鲁迅先生为例，王瑶教授曾指出，"我们认为就鲁迅先生所受到的影响说，托尔斯泰的人道主义和尼采的发展个性的超人思想，都是反映着启蒙时代的人的个性和人的保卫的，鲁迅先生凭借着他的民主革命的理性的火光和现实主义的批判精神,使这些都在中国的民主革命过程中发生了一定的积极作用"(王瑶,1982)。可以说,《孔乙己》《祝福》等作品中所体现的人道主义精神在一定程度上是受到了托尔斯泰思想的影响。

直到 20 世纪 70 年代末 80 年代初,托尔斯泰研究渐渐更多起来,译著、编著、专著和论文不断涌现,较为引人注目的编著、专著和译著有:倪蕊琴编的《俄国作家批评家论列夫·托尔斯泰》(1982)、陈燊编选的《欧美作家论列夫·托尔斯泰》(1983)、上海译文出版社编辑的《托尔斯泰研究论文集》(1983)、浙江省文学学会外国文学研究会编辑的《托尔斯泰论集》(1982)、冯连附等译的《同时代人回忆托尔斯泰》(1984)等。它们从 19 世纪 50 年代到 20 世纪 70 年代浩如烟海的托尔斯泰研究中理出了相对清晰的线索,展示了不同时期、不同国别、不同派别的托尔斯泰研究方向。

在这一时期,一是对托尔斯泰创作与思想的矛盾的问题进行了广泛的探讨。鲁效阳的论文通过分析其三部长篇小说,总结了托尔斯泰的思想核心内容就一个字:"爱","爱自己、爱别人、爱仇敌……一切从'爱'字出发,于是'道德的自我完善''勿以暴力抗恶'等救世良方都在思想的大题目下衍生开来"(鲁效阳,1981)。这一观点非常值得本研究借鉴。余绍裔则在他的论文中,通过分析列宁论托尔斯泰的七篇论文,指出列宁从辩证的反映论的角度,肯定了托尔斯泰是真正伟大的艺术家,认为托尔斯泰作为"俄国的一面镜子",是"时代声音的代表者……掌握高超艺术技巧的清醒的现实主义者"(余绍裔,1980)。针对当时借助托尔斯泰"非暴力"思想进行反革命的自由派人士,列宁认为托尔斯泰是站在宗法制农民立场,从博爱的角度出发,主张不抵抗邪恶,因而缺乏政治修养,革命意志弱,并强调他只是伟大的文学艺术家,用他精湛的艺术笔触揭示了灾难深重的人民的艰辛与痛苦。

由此,这时的学者还是试图否定作家思想与艺术相对立的观点,为他的"非暴力"辩护,从现实主义的角度,认为托尔斯泰以博爱的思想和娴熟高超的艺术技巧,忠实地反映了俄国现实生活。然而这些研究还是局限于反映论的视角,给予了作家作品一个方面的确定性的评价,对作品中超越时代的艺术价值则挖掘不够。

二是对作家艺术创作进行了探讨,钱中文教授在一篇论文中结合小说文本,就托尔斯泰对"现实主义"的理解进行了详细的探讨,一方面他认为托尔斯泰的"现实主义"与艺术创作的"真实性"相关,文学创作者不应按照他的希望去了解事物,而应按照事物的本来面目去写作,去反映生活的深处;另一方面,他则认为托尔斯泰强调作家的艺术创作需要真诚,要对描写的对象有生动的感受和爱(钱中文,1983)。这篇论文可谓全面而详实地探讨了托尔斯泰在"现实主义"创作方面是如何具有典范意义的,也揭示了作家创作之所以经典,在于对"生活"真诚而客观的诠释。

除此之外,夏仲翼教授在重要论文《托尔斯泰和长篇艺术的发展》中,基于"情节与心理"两大要素,指出托尔斯泰以"动态表现"的原则发挥了长篇结构中开放、流动的性质,扩展了历史社会和生活景象的幅度。在情节上,他认为托尔斯泰摒弃了传统封闭式情节结构,让笔下的人物都随着情景的变幻进行着对人生的思考,且始终在动态变化中。同样的,在心灵描写上,托尔斯泰擅长将进行中的情节与人物心理活动作为一个整体描写,并着眼于二者运动的、变化的关系。由此他得出了结论:"托尔斯泰博大雄浑的艺术不仅表明了古典现实主义小说的终结,同时也预示了新的小说艺术的诞生。继往开来,承上启下,这正是小说家托尔斯泰的不朽之处"(夏仲翼,1982)[57]。这篇论文无疑在一定程度上突破了反映论的研究视角,文章中"动态的""超越时空"等关键性的论述都为本论提供了论证依据。

三是对作家"心灵辩证法"展开讨论。如张杰教授在一篇论文中认为,从托尔斯泰整个创作历程来看,其"心灵辩证法"的创作手法是变化的。在《安娜·卡列尼娜》中,"心灵辩证法"主要在于描写女主人公心理转折变化前长期发展的过程。但在后期,"心灵辩证法"则变成了一种"链式反应",即人物的心灵若是一个平静的湖面,那么突发事件就像一块石头掉了进来泛起了心灵的一圈圈涟漪,如《复活》中聂赫留朵夫起初在法庭上突然看到玛丝洛娃一样(张杰,2007)[285-294]。而陈燊教授则在《列夫·托尔斯泰和意识流》中通过分析比较托尔斯泰早期的著作《昨天的故事》《暴风雪》与中期的《战争与和平》《安娜·卡列尼娜》,指出托尔斯泰虽然在作品中有描写人物的意识流,特别是以早期作品为例,但这不同于现代主义意识流派,艺术家兼社会家的托尔斯泰将意识流作为他描写每个人内心生活客观现实的一部分,是以内容为主的一种创作手法上的自由运用。

四是在具体作品上开展了小说主题及心理描写的研究。《战争与和平》小说主题的研究上,胡日佳在一篇论文中分析了该小说何从民族战争的赞歌、民族性的诗篇等方面宣传了法国大革命的思想(胡日佳,1982);刘航舵的一篇论文则从赞扬人民群众的爱国主义、讴歌英雄主义、上层贵族走向人民等方面论述了人民群众决定历史命运,认为这既是小说反映的历史真实,也是托尔斯泰世界观中最有力量的方面(刘航舵,1982)。对于《安娜·卡列尼娜》,张秋华的文章《读〈安娜·卡列尼娜〉》否定了评论界认为的由于两个主人公列文与安娜并没有什么交集,应该由两部小说组成的观点,而认为作品将广阔的社会生活与人物内心活动、艺术描写与批判现实有机地融为一体,两个主人公的两条线索是有一定的内在联系的。另外,在对小说心理描写的研究上,《略谈〈安娜·卡列尼娜〉的心理描写》一文围绕赋予人物时代特征、从旁人眼中刻画人物心理、人物心理过程以及行动逻辑、情节推动、意识流等方面对小说中的心理描写进行了翔实分析。而且,王智量在《〈复活〉的创作过程与作家的思想发展》中,对作家创作过程与作家思想发展进行了探讨,得出了小说与"托尔斯泰主义"有很多不一致的地方的结论。学者汪靖洋、王秋荣在论文《文学的探索和探索的文学——论〈复活〉的思想艺术特征》中,借助《复活》回顾托尔斯泰一生的创作,从史诗规模的社会心理小说、社会生活的探索、精神生活的探索等方面,揭示了托尔斯泰在文学创作上坚持探索和追根到底的精神。

总体而言,此时的研究成果为以后的托尔斯泰研究打下了坚实的基础,出现了许多有深度且有价值的研究成果,但在把托尔斯泰思想性与艺术性相结合的研究上,还是略显单薄。另外,对托尔斯泰作品艺术性的研究上,此期研究成果还是主要在现实主义这一框架下进行讨论。

20世纪末至21世纪以来,托尔斯泰的学术研究更加繁荣,研究领域也越来越宽广,呈现出多元化的局面。

一、文化思想批评。一些代表性学者如王志耕、雷成德、金亚娜侧重于对作品思想意义的挖掘,在金亚娜教授等编著的《充盈的虚无》中,有一篇谈到托尔斯泰的重要章节详细探讨了作家关于生与死的道德追问话题,认为从死的绝望中关照生的意义,真正的生命是人对自身动物性的升华,这是向神靠近的过程。但这种新生命观的矛盾在于,人们在摆脱兽性走向神性的同时,又会丧失在尘世生活的动力。这就产生了托尔斯泰的新思想观念,即传统信仰在人们心中是基于人类生命意义的兽性与神性的结合体,人们在趋向传统信仰的过程是通过赎罪观,来实现道德的自我完善的,典型的文学人物如聂赫留朵夫。文中还探讨了托尔斯泰的末日观,这儿的"末日"不是物理时间终结,而是精神上新的诞生,如果每个人内心都遵从信仰的教导,那么美好的世界必将降临尘世。通过这篇论文,我们对托尔斯泰的生命观和信仰观有了全面而系统的了解(金亚娜,等,2003)[93-144]。

此外,金亚娜教授在论文《列夫·托尔斯泰的理性信仰与现代性因素》以及《托尔斯泰思想遗产价值管窥》中基于哲学和文化传统,对"托尔斯泰主义""非暴力理论"和"道德自我完善"学说的建构以及托尔斯泰与教会的关系等等，进行了全面解读和重新评价。首先，托尔斯泰否定了教会中僵化腐朽的思想以及神秘主义，从"人"出发建立了自己理性信仰，认为人类通过"爱"的理性，从"动物性"中升华，走向神性。其次，托尔斯泰的思想观念还广泛吸收了东西方哲学和传统思想文化的精华，与僵化的教会相比，具有现代意义。最后，金教授还对托尔斯泰的"非暴力理论"进行了重新认识，认为该理论是在对俄国暴力批判中产生的，出发点是减少人与人之间因报复而产生的恶，避免恶的循环，这种思想在处理现代争端上无疑是值得提倡的，有利于人类和谐关系的形成。

吴琼的一篇论文则将俄罗斯思想家、作家罗扎诺夫与托尔斯泰的思想进行比较后认为，两者作为教会的反叛者，都是反对虚伪、僵化的教条主义的教会，但由于二者思维方式不同，前者倾向信仰应以超验方式实现，要应用到日常生活中；而后者更加倾向于将信仰赋予更多的道德含义。比如，罗扎诺夫一直认为托尔斯泰主张禁欲主义，而他自己更多的是从个人自由出发，强调追求尘世生活的快乐。除了与罗扎诺夫相比较，学者耿海英的论文《别尔嘉耶夫论托尔斯泰》介绍了别尔嘉耶夫对托尔斯泰思想的研究观点。别尔嘉耶夫认为托尔斯泰通常描写人物的"双重性"：即一是外在的、客观化的，通常表现为刻画人物对文明社会的谎言的适应；另一种是人们内在的、真实的生活，往往揭露世界的谎言给人物所带来的影响。但别尔嘉耶夫并不赞同托尔斯泰通过自我完善、回归自然，实现对抗文明，他认为托尔斯泰对人生而为善过度自信，人可以通过自己天生的力量完成天父的意志，然而恶与罪孽同样也是存在于人们个性意识中的。在此基础上，别尔嘉耶夫批判了托尔斯泰的"自然"，认为托氏的"自然"是具有蒙昧主义的，压抑人们个性的。

由此可见，这些研究更多从不同的思想价值观念和丰富的社会文化思想出发，对本研究具有很好的启发作用。

二、哲学批评。一些学者从某个哲学理论或哲学思想出发，来解释托尔斯泰创作的内涵。这方面的学者很多，如杨正先编著的《托尔斯泰研究》、徐凤林编的《俄国哲学》中的"存在哲学与道德哲学"里的"托尔斯泰"部分等。张中锋的《列夫·托尔斯泰的大地崇拜情结及其危机》则以自然哲学的视角，对托尔斯泰创作中"对自然崇拜"逐步分析。认为在《战争与和平》中，托尔斯泰本人对大地有崇拜情结，小说便充斥着浓郁而厚重的生活气息，显示出生活真相和人身上的至美品质。在《安娜·卡列尼娜》中，从"大地情结"角度来思考学界关于小说"双水并流"的问题，认为安娜与列文是在追求个人幸福上的两个典型。至于《复活》则被其认为是大地崇拜情结的褪色之作，进而否定了作品的艺术价值。这部论著的自然主义视角为本研究及学界提供了新的研究思路，但论著中对《复活》的评价还是值得商榷的。

这方面的研究论文更是硕果累累，张桂娜的一篇论文则指出，托尔斯泰由于对死亡意识的觉醒引发了生命的虚无感，失去了追寻一切的动力，在托尔斯泰走向这一绝境之时，转而由死向生，走向了类似于柏拉图笔下的灵魂不灭论，告诉人们解决死亡的途径就是行动，遵守爱的真谛，以达到人的精神生命的救赎。论文在肯定了托尔斯泰通过自己的探索给人以启发的同时，又认为这种个人救赎体验过程具有普及化的倾向，无疑又是埋没个性的（张桂娜，2019）。

米慧翻译了俄罗斯哲学博士 C. A. 尼科尔斯基的一篇论文，探讨了托尔斯泰关于"生与死"的哲学问题的变化，以及这种变化如何在作家早期作品中显现出来这一问题。首先是在《童年》中，母亲的死亡使主人公产生了对死亡的恐惧，而他的保姆的无私的爱，在主人公心中得到了永生；其次，在《哥萨克》中，奥列宁通过与文明社会的决裂，转而走向自然的生活撕毁了社会身份标签，离开"死界"回归自然"生界"；而在《三死》中，托尔斯泰通过比较地主太太、农民和树的三种形式的死亡，体现了树之死代表了更高级的真理与必然，表达了自然本性与文化的对立，也影射了生与死的对立。还有在《暴风雪》中，托尔斯泰进行了关于死亡的游戏。总之，这些作品，都体现了托尔斯泰早期是在自然基础上展开了生与死的哲学思考，这种思想影响了他的创作，创作又反过来丰富了思想的批评视角（尼科尔斯基，2010）。

关于生与死的哲学问题，还有很多学者对托氏具体作品进行了详细分析，如张兴宇将小说《三死》中三种类型的死亡分别概括为：肉体享乐的地主太太的死亡、精神生命的农民的死亡，还有人格化的恬淡乐生的树的死亡，并通过比较认为肉体生命的终结不值得惋惜，精神生命的终结是一种向不朽的转变，而肉体生命则是通过爱向精神生命转变。因此，生命的意义在有限的肉体死亡中追求精神生命的无限存在（张兴宇，2020）。另外，学者赵山奎的论文《存在论视野中的〈伊凡·伊里奇之死〉》则通过分析主人公濒临死亡的心理历程，指出伊凡的"死"一方面具有"个体性"的意味，他人不会因此而伤心；另一方面伊凡临死前对一生的回顾，让他对他人之爱的生命意义有所感悟。论文将这两个方面置于更广阔的文化背景中，认为前者具有"现代诗意"，就像 19 世纪以来西方文学从"群体"走向"个体"，追求个人奋斗，如《红与黑》中的于连；而后者则像 19 世纪以前的西方文学中，死亡往往具有宏大意义。由此，作家在传统文化与现代文化选择的两难之间构成了小说深层艺术结构。

除此之外，朱建刚教授则从"生命意识"与"民族根基"两方面入手，介绍斯特拉霍夫是如何分析托尔斯泰的，指出他是如何确立托尔斯泰的世界性意义的（朱建刚，2014）。之后朱建刚教授又在《未完成的对话——斯特拉霍夫与托尔斯泰的争论》中探讨了在创作《安娜·卡列尼娜》时期，托尔斯泰与其好友斯特拉霍夫在创作理念和哲学观念上产生分歧，他们产生分歧的根本原因在于，虽然托尔斯泰与斯特拉霍夫都是理性主义者，他们都理性看待生活，然而托尔斯泰在中后期越发追求非理性的理想，且希望通过自己方式实现世界的统一，这在斯特拉霍夫看来是无法接受的（朱建刚，2020）。

总的来说，这些学者分别从"生死观""生命意识""自然性"等方面丰富了托尔斯泰思想方面的研究，其中一些关于托尔斯泰创作主旨方面的研究虽然存在着"贵族平民化"或"托尔斯泰主义"形成过程等论述，却给人以较大的思想启迪，但托尔斯泰思想系统化的研究略显单薄。

三、心理描写批评。代表学者是王景生、程正民等。王景生的专著《洞烛心灵——列夫·托尔斯泰心理描写艺术新论》对托尔斯泰心理描写艺术进行了专门的研究，给出了托尔斯泰有关"心灵辩证法"的经典判定，而且开始发掘并界定了托尔斯泰心理描写上的意识流手法，并指出这种手法为托尔斯泰后来的心理描写艺术的发展奠定了基础。王景生作为中国社会科学院外国文学研究所陈燊研究员的博士研究生，在这部学术专著中明显表现出对其导师在《列夫·托尔斯泰和意识流》一文中思想的继承和拓展。他进一步深入剖析了托尔斯泰创作中的意识流现象。另外，陈文静的《托尔斯泰心理分析手法的变迁》结合了托尔斯泰的经典作品《战争与和平》《安娜·卡列尼娜》《复活》《哈吉穆拉特》，分别从"心灵辩证法""意识流""内心独白"三个方面研究了托尔斯泰不同时期变化，全面而动态地把握了其心理描写的变迁过程，同时还将研究置于历史话语语境中，追溯这种变化的根源。总之，托尔斯泰心理描写的研究成果还是相当多的，这为进一步研究托尔斯泰的艺术创作手法打下了重要的基础。

四、文艺学批评。这些主要研究托尔斯泰著述中的文论思想，有些包含在他的艺术专论里，有些则包含在他的文学创作中。在这方面，学者邱运华在其专著《诗性启示——托尔斯泰小说诗学研究》中从"诗性启示"这一课题出发，一方面将托尔斯泰的小说置于俄罗斯文化语境中，揭示其小说中的文化内容与作家的思想矛盾，指出托尔斯泰小说的诗性启示特征，它超越现实的永恒道德和普世情感是俄罗斯传统文化的产物。另一方面，他通过具体文本的分析显示诗性启示的丰富内涵和言语生成机制。这部研究专著对本书的研究有很多值得借鉴的地方。

赵炎秋的《列夫·托尔斯泰文艺思想试探》指出托尔斯泰的文艺思想主要关注"情感说",但其情感不同于浪漫主义的情感理论,而是指向功利主义,同时托尔斯泰认为情感只能通过外在的标志,如动作、线条、色彩等所表达的形象来传达感情(赵炎秋,2004)。宋德发等的《巴赫金的列夫·托尔斯泰》详细探讨了巴赫金如何从传统的社会历史、道德批评角度分析托尔斯泰的戏剧、小说,从而指出托尔斯泰尤其在其后期是一位"独白"的刺猬型作家。之后,托尔斯泰文艺思想的研究者多看重他的"艺术论""情感论",以及功利文艺观等(宋德发,等,2005)。

王树福教授则从道德伦理方面,考察了托尔斯泰思想与艺术之间的关系,认为托尔斯泰的伦理诉求决定着文本的结构,而文本的结构又在生成中产生了不同的意义;托尔斯泰的感情色彩规约艺术手法,而艺术手法又呈现出了丰富的感情色彩,这在《安娜·卡列尼娜》中的心理描写上有着具体的表现;道德诉求同样也主宰着作品中语言修辞的使用,而语言修辞也会衍生出许多不同的道德意义。该论文新颖地指出了托尔斯泰艺术形式观与文学伦理观的关系,给本研究带来启发(王树福,2018)。李建军的一篇论文,则对托尔斯泰的文艺专著《什么是艺术?》进行了详细分析,总结了托尔斯泰将"情感"和"交流"作为艺术活动的核心,且以善和道德意义作为评价艺术的尺度,在批判了作家这种绝对主义批评的局限和问题同时,也肯定了作家关于"善"优先于"真"和"美"的美学思想对 19 世纪的文学有着重要的意义(李建军,2018)[20]。

总之,这方面的成果近几年来有上升的趋势,但学界对托尔斯泰的文论思想研究还是局限于文学批评著作或批评文章,强调了托尔斯泰在理论上的绝对主义批评的同时,还应看到他在创作实践中充斥着矛盾和反叛精神。

五、比较研究批评。吴泽霖教授的专著《托尔斯泰和中国古典文化思想》论及托尔斯泰思想的东方走向、托尔斯泰和中国古代思想观念的比较，是当代中国托尔斯泰思想研究的代表作之一。在专著中，吴教授首先从历时的角度，认为《战争与和平》中宿命论等观点是一种天道的显现，在此之后的19世纪70年代托尔斯泰出现精神危机，则是他走入另一个"共同世界"的标志；19世纪80年代以后，托尔斯泰新的生命观的确立和儒家思想的渗透，特别是其与黄老"无为"学说的融合，对托尔斯泰晚年通过译述《大学》《中庸》等以寻求全人类共识的哲学思想有一定影响，成为其接受中国古典文化思想最后的形式。其次从共时的角度，论著分别将托尔斯泰的"天"与中国的"天"、托尔斯泰的"人"与中国的"人"进行比较，分析了托尔斯泰与中国古典文化的对话与接受。论著不仅分析了托尔斯泰与中国古典文化的关系，也系统而深刻地分析了托尔斯泰整个一生的文化思想变化，这对本书的研究是有很大帮助的（吴泽霖，2000）。

除此之外，一些学者专注于将托尔斯泰的创作思想或创作形式与不同思想家或作家进行比较，如胡日佳的代表作《俄国文学与西方——审美叙事模式比较》中对托尔斯泰的比较研究。该书将托尔斯泰的哲学与德国古典哲学和叔本华哲学进行了比较，指出了托尔斯泰与西方历史小说在叙事艺术上的异同。季星星在《试论托尔斯泰和陀思妥耶夫斯基的叙事文风》一文中，比较了托尔斯泰和陀思妥耶夫斯基两位文学巨匠之间在叙事上的差异，同时也质疑巴赫金极端性地把他们简单地分成"独白式"和"复调式"的小说家，而是认为这两种创作模式在两位作家的创作中互相渗透，并非泾渭分明。

六、跨文化研究。李正荣的《〈战争与和平〉的"荷马问题"以及古典主义诗学问题》通过分析托尔斯泰日记等素材强调了《战争与和平》的"荷马问题"是"荷马式"的诗学问题，并在《荷马史诗》与《战争与和平》的对比阅读中分析了《荷马史诗》对其产生的影响，以及托尔斯泰又是如何将这种影响渗透到作品中的。王瑾的论文《列夫·

托尔斯泰在英国的早期传播与影响——以〈自由语词〉为讨论中心》基于已有的英文研究史料,重点论述英国出版传播与 1880 年代之后的托尔斯泰文学、哲学创作之间的关系,并阐述了 1848 年欧洲革命到俄国农奴制废除这一历史时期,俄国与欧洲大陆之间的文化关系。

近几年来,吴泽霖、范国富、许旺等都进行了东西方思想比较研究,例如王志耕在《列夫·托尔斯泰与中国革命》一文中指出,托尔斯泰思想中的对专制官僚社会的批判学说、道德自我完善、人道主义精神等,在一定程度上成为了为中国革命所用的思想,其不抵抗主义思想对当代社会的价值也具有一定的时代意义。还有些学者将托尔斯泰与鲁迅进行比较研究,如有学者把托尔斯泰关于"人的文学"的理论,视为"五四"时期的我国人道主义文艺观,探讨了鲁迅在接受和完善列夫·托尔斯泰晚年文艺观基础上如何呼应"人的文学"。范国富在他的论文《鲁迅晚年与高尔基及列夫·托尔斯泰的对话》中强调 20 世纪 30 年代的中国左翼文学运动受到高尔基和列夫·托尔斯泰影响,其中鲁迅晚年对高尔基的译介投入了相当大的热情,也与列夫·托尔斯泰产生了持续性对话,感受到暴力革命与人道主义的剧烈冲突,使他对俄国革命与中国革命的复杂性有了更深入思考。

除了这些视角以外,学术界还有其他研究托尔斯泰的角度,只因成果不多、影响较小,我们在这里就不再赘述了。纵观我国托尔斯泰研究史,我们认为主要呈现了以下几个趋势:首先,被视为"消极"或限制个性的托尔斯泰式思想文化观念、"勿以暴力抗恶"及"信仰"等正逐渐得到评论界的认可,当然还需要我们把托尔斯泰的思想与其文学创作艺术进一步系统化、有机结合起来研究。其次,托尔斯泰的生活、创作和思想被视为是一种既基于现实、又超越现实的文本,这需要研究者努力超越它的现实指向,从各种视角去解读其文学经典。也正因为如此,从文学理论的角度或从思想与艺术互动的角度去阐释托尔斯泰作品的意义再生机制便愈发成为一种可能。无论从何种角度去研究托尔斯泰,都无法避开作家思想、道德和传统文化思想与他的艺术作品的密切联系，也不可否认正是它们共同构建了一个动态的、发展的、具有艺术魅力的有机整体。唯有理解了其间诸种因素的内涵，才有可能理解"超越时空"的托尔斯泰。

第二节
英美托尔斯泰研究综述

英美有关托尔斯泰的介绍评论始于19世纪50年代，最初是以评论托氏"三部曲"（《童年》《少年》《青年》）崭露头角，随后，1879年《战争与和平》法译本的出版则引起了国际反响。当法国作家福楼拜读完这部小说之后，他在给屠格涅夫写的信中，盛赞"这真是一部第一流的作品，他的确是一位擅长描绘的作家，同时也是一位出色的心理学家啊"（陈燊，1983）[1]。此后，托尔斯泰引起了欧美文学界的普遍重视。比如，英国唯美主义作家王尔德在《俄国小说家》中指出："托尔斯泰伯爵的方法远为博大，视野更为宽广……他能在他所创作的巨大画幅上画满群像而不显得拥挤"（陈燊，1983）[153]。以心理分析著称的美国作家亨利·詹姆斯在《屠格涅夫和托尔斯泰》一文中把托尔斯泰称为大象式的巨人。他写道："托尔斯泰是像一片天然湖那样巨大的反光镜；一匹被套在他的巨大题材——全部人类生活——上的巨兽！就像一匹大象为了牵引的目的，被套到了一座马车房上，而不是套到马车上。他自己本人是奇异惊人的，而作为别人师法的典范，却是可怕的；对于不是大象那样的追随者，他只会把他们引入歧途"（陈燊，1983）[311]。

托尔斯泰逝世以后的漫长岁月里，世界形势和格局发生了巨大改变，文学也发生了根本的变化，出现了各种各样的文学流派。在20世纪初，许多作家对托尔斯泰做出了评价，英国著名的科幻小说家威尔斯同意托尔斯泰的"道德自我完善"观点，认为社会矛盾可以通过提高道德修养来解决；后来他又反对托尔斯泰的"勿以暴力抗恶"思想。他的矛盾反映在他对《复活》的评价上。在 1928 年为《复活》写的序中，他写道，"审判一结束，我就对玛丝洛娃和聂赫留朵夫失去了任何兴趣。我不再相信这两个人是真的，是现实的……第二部和第三部正好证明作者犯了错误后一蹶不振，——艺术上再也没有得到'复活'了"（陈燊，1983）[180]。而美国现代著名作家海明威在为《战争中的人们》一书写的序言中，一方面非常推崇托尔斯泰的真实的构思；另一方面也对《战争与和平》中存在的大段哲学论述表示了反感，"希望当初有一个具有足够权威的人忠告他，让他删弃最笨重、最没有说服力的议论"（陈燊，1983）[318]。可见，此时就出现了关于托尔斯泰的思想与其艺术创作之间相对立的评论。

到了 20 世纪 60 年代以后，评论界出现了大量关于托尔斯泰创作的评论专著。具有代表性的有理查德·古斯塔夫森（Richard F. Gustafson）的著作《列夫·托尔斯泰：居民与陌生人》（*Lev Tolstoy：Resident and Stranger*），古斯塔夫森反对两个托尔斯泰的观点，即一个是皈依传统信仰前的艺术家，另一个是皈依后的思想家和先知，他坚信托尔斯泰是一个整体。书中以讨论作家后期的作品来验证早期的作品，论证了托尔斯泰作品的本质连贯性，这种连贯性源于他的哲学思想和他毕生对信仰的不懈追求。

鲍里斯·索罗金（Boris Sorokin）的论著《俄国革命前托尔斯泰的批评》（*Tolstoy in Prerevolutionary Russian Criticism*）分析了当时的批评家车尔尼雪夫斯基、格里戈尔耶夫、斯特拉科夫、陀思妥耶夫斯基、屠格涅夫、梅雷日科夫斯基、普列汉诺夫等对托尔斯泰的评论，并结合托尔斯泰批评语境，探讨了托尔斯泰究竟是擅长讲述俄罗斯过去和现在发生的事情，还是更擅长传达未来启示的问题，认为批评家们发现托尔斯泰作品中与社会无关的元素是托尔斯泰的典型特征，他们把托尔斯泰贴上了主观作家的标签。索罗金则在此基础上强调了托尔斯泰的思想预示着未来社会和智力发展的方向，托尔斯泰先知般的洞察力都在其作品的内容和形式中得到了充分的证明。

加雷斯·威廉姆斯（Gareth Williams）的论著《托尔斯泰对作品读者的影响》（*The Influence of Tolstoy on Readers of His Work*）探索了托尔斯泰的作品对读者产生的影响以及他实现这种影响的方式，且从历时的角度分析了托尔斯泰对"理想读者"这一观念的转变。论著中强调了托尔斯泰作品能够激发读者参与创作过程的能力，并让读者自由地得出自己的结论，比如分析《童年》草稿中的修改可以发现，为了让普通读者更容易接受作品，托尔斯泰掩饰了自己的观点，他改掉了可能会使读者对某个人物产生有利或不利的反应的评价性词语。同时，为了让读者成为听众的一部分，作家形成了自己非评判的个人化的表达方式（比如使用"好像"）以及问问题的习惯，读者可以自由地提供自己的答案。可以说，这部论著从接受的角度探讨了作家的创作手法，是值得借鉴和学习的。

这一时期还出现了许多对托尔斯泰具体作品的研究，尤其是关于《战争与和平》的创作手法的论著，代表性的有加里·索尔·莫森（Gary Saul Morson）的《隐藏在平淡的视野中：〈战争与和平〉中的叙事与创作潜能》（*Hidden in Plain View: Narrative and Creative Potentials in War and Peace*）。整部论著主要解决了一个疑问：为什么在违反小说创作的传统规范情况下，《战争与和平》还能引起巨大的反响？要知道，不同于亚里士多德的观点，小说没有完整的故事情节；小说还混淆了流派的一些惯例，使得历史小说又具有虚构性。论著从叙事手法、对历史性小说的违背以及人物的心灵解析等方面进行了研究，其中最瞩目的结论之一则是小说具有不同于陀思妥耶夫斯基"声音复调"的"事件复调"原则，认为作家将时间视为现实的随机集合。而人物也不是一个系统而是一个由习惯、记忆、情绪组成的集合，整个文本表现了一个不确定性的世界，其中人物意图都是具有离散性的。

除此之外，还有西尔巴·乔里斯（Rimvydas Silbajoris）的论著《〈战争与和平〉：托尔斯泰的世界之镜》（*War and Peace: Tolstoy's Mirror of the World*）也认为托尔斯泰的独特性实际上是关于整体生命的陈述，仿佛生命是一个统一的有机体，它讲述着无数生与死的过程，这个整体是外部世界和内部人类宇宙的模型，托尔斯泰将二者有机地融合在一起。小说通过三个基本叙事维度：作为一部历史小说、作为一个生活在伟大历史人物中的虚构人物的故事、作为一组阐明真理的哲学命题层层递进，来揭示小说在创作上的艺术性。

凯瑟琳·弗埃（Kathryn B. Feuer）拿到了《战争与和平》将近4000页的草稿，其论著《托尔斯泰与〈战争与和平〉的起源》（*Tolstoy and the Genesis of War and Peace*）通过仔细阅读大量的草稿和笔记，对托尔斯泰的创作过程提出了卓越的见解，阐明了定稿小说与早期未出版的小说以及欧洲重要的新来源的联系。此外，作为一名小说家，弗埃探索了托尔斯泰如何出色地解决人物发展、叙事声音、体裁和结构等问题。总的来说，20世纪末以来，英美文学界对托尔斯泰的研究是丰厚的，有许多值得借鉴的地方，且具有启发意义。

进入21世纪以来，西方学界托尔斯泰研究成果极为丰富，批评视域也非常宽广。从整体来说，英美学界对托尔斯泰的关注主要有以下几个方面：

一、比较研究批评。近几年来，西方学界出现了大量的比较研究成果，特别是将托尔斯泰与西方作家的比较。学者约翰·伯特·福斯特（John Burt Foster）的重要著作《跨国的托尔斯泰：在西方与世界之间》（*Transnational Tolstoy: between the West and the World*）就是在"世界文学"语境中探讨了托尔斯泰的作品，从历史广度、社会广度以及大量人物之间微妙的互动等角度，分析托尔斯泰与司汤达、福楼拜、歌德、普鲁斯特等作家的密切联系。该论著论述了从19世纪的德国、法国和意大利，到现代主义小说的兴起和两次世界大战的危机，再到1960年以后世界文学观的发展情况,且提供了一系列相互联系的跨文化阅读。福斯特在论著中尤其强调了托尔斯泰在世界上引人注目的两部作品《战争与和平》和《安娜·卡列尼娜》,获得了一致的国际共鸣;他还将《战争与和平》与福楼拜的《情感教育》进行了比较,把《安娜·卡列尼娜》作为现代小说的现实主义新流派进行讨论,此外他还讨论了中篇小说《哈吉穆拉特》的"神圣的战争与和平的浪漫"等话题。

除此之外,简·鲍纳斯(Jane Bownas)的《战争、英雄与意志:哈代、托尔斯泰与拿破仑战争》(*War, the Hero and the Will: Hardy, Tolstoy and the Napoleonic Wars*)将托马斯·哈代的《王朝》(*The Dynasts*)和列夫·托尔斯泰的《战争与和平》进行了比较,认为这两部作品都无法确切地归入某一特定的流派,且这两部作品有着重要的相似之处,并考察了哈代与托尔斯泰在战争主题、英雄思想和自由意志观念等方面的密切对应。尽管两位作家的背景迥异,但他们都受到战争经历的影响,托尔斯泰直接参与了高加索和克里米亚的战争,哈代间接参与了布尔战争。他们对这些经历的反应体现在他们对有关拿破仑的战争的描述中。黑格尔将拿破仑视为"他那个时代伟大的历史人物",这部论著则认为哈代和托尔斯泰对这一观点持保留意见,描绘了拿破仑的身心衰退,并质疑他在决定军事行动结果中所起的作用。两位作家都对自由意志和决定论的问题非常感兴趣,他们的作品揭示了他们试图理解人类行为背后的内驱力。他们对意识本质的不同看法是根据对意识大脑发展的现代研究来考虑的。

另外,休·麦克里恩(Hugh Mclean)的专著《追寻托尔斯泰》中,将托尔斯泰思想与创作分成了两个部分。前一部分将托尔斯泰与达尔文、卢梭、伯林等人进行了比较;后面一部分则与海明威从普世性问题上进行比较,认为托尔斯泰的格局更大一些,因而被所有时代所接受,而海明威则更具有地方特色,受到"迷惘一代"语境的影响。值得一提的是,在此之前,学界就已经有了将托尔斯泰与英美作家进行比较的苗头，如罗伯特·保罗·威尔士（Robert Paul Welsh）的博士论文《乔治·艾略特的〈米德尔马契〉与列夫·托尔斯泰的〈安娜·卡列尼娜〉：比较阅读》(George Eliot's "Middlemarch" and Lev Tolstoy's "Anna Karenina": A Comparative Reading) 指出，艾略特的人道主义和托尔斯泰的哲学思想，如何在各自作品的结构和主旨中显示出生命的悲剧性，从而得出悲剧是人类体验的反复出现的无限循环形式的结论。

之后，费朗西丝·米勒（Francis Miller）2005年的博士论文把托尔斯泰和法国作家埃米尔·左拉（Émile Zola）的作品进行比较，揭示出两者在个人与传统信仰的关系、人的生活意义等观点上存在的异同，且着重探讨了两者在精神探索中的悲观主义思想。总的来说，托尔斯泰的长篇小说，尤其是《战争与和平》在英美受到了广泛的关注，相较而言，这些研究更为注重作家们在思想上的比较。

二、思想精神批评。西方学界这方面的研究仍有上升趋势，但主要集中在托尔斯泰对普遍人性方面的探索，但其对传统文化思想方面的研究略显薄弱。安德鲁·D·考夫曼（Andrew D. Kaufman）的《理解托尔斯泰》(Understanding Tolstoy) 则是从托尔斯泰的作品《哥萨克》《战争与和平》一直到《哈吉穆拉特》展开研究，避开当前学术批评和批评的"主义"，以知识潮流的循环方式研究托尔斯泰在"人是什么""他能成为什么"等人类基本问题上的探索成果，挖掘托尔斯泰智慧的现实价值。伊琳娜·帕佩尔诺（Irina Paperno）的《"谁，我是什么？"托尔斯泰自我的努力叙述》("Who, What Am I?" Tolstoy Struggles to Narrative the Self) 通过对作家生前留下的大量、高度个人化的非小说作品，包括日记、个人忏悔、信件、自传体片段和对梦的细致描述，理清了托尔斯泰思想探索的主要脉络。在托尔斯泰的叙事形式结构中有着一种固有的生命观念，但他拒绝接受人的生命随着死亡而停止，不希望自我局限于人们能够记住和讲述的东西。另外，这本书分析了托尔斯泰对哲学和传统思想文化的探索，特别是其在早年如何受到了柏拉图、奥古斯汀、卢梭和叔本华的影响；并重建了托尔斯泰在其思想冲突中的自我探索与叙事艺术，展现了一位集智慧思考与心理洞察力于一身的作家形象。

另外，迈克尔·丹纳（Michael Denner）2015 年的论文《抵抗是徒劳的，但不抵抗可能起作用：托尔斯泰政治想象中的东方与俄罗斯》（*Resistance is Futile, but Nonresistance Might Work: The East and Russia in Tolstoy's Political Imagination*）在探讨了托尔斯泰晚期作品中所透露出的政治立场的基础上，研究了其与东方文化的一种血缘关系，并对其"不抵抗"问题进行了思辨式阐释；还有大卫·吉尔斯皮亚布（David Gillespieab）结合《复活》所翻拍的两部电影，分析了托尔斯泰小说与后斯大林解冻时期苏联社会的关联性。

学者唐娜·图辛·奥文（Donna Tussing Orwin）在文章《列夫·托尔斯泰：和平主义者、爱国者和莫洛代特》（*Lev Tolstoy: Pacifist, Patriot, and Molodets*）中研究了托尔斯泰小说中士兵参战的心理和文化原因。论文认为托尔斯泰读了很多关于战争的书，听了很多关于战争的故事，且作为目击者观察了战争，并在五年中参与了各种形式的战争。唐娜收集了大量的资料，试图阐释为什么他似乎是一个爱国者，而又似乎是一个和平主义者。同年，为纪念托尔斯泰逝世一百周年，唐娜还出版了她编著的《托尔斯泰周年纪念随笔》（*Anniversary Essays on Tolstoy*），书中收集了许多评论托尔斯泰且有价值的文章，这些文章主题包括了音乐、爱、死亡、信仰和暴力、动物王国和战争等，比如一些批评家探讨了托尔斯泰对音乐的喜爱是如何影响了他的文学创作。编著内容涉及范围较广，对本研究有一定的启发。有趣的是，编著中罗宾·米勒（Robin Miller）在其论文《托尔斯泰和平王国》（*Tolstoy's Peaceable Kingdom*）中从动物的视角探讨了托尔斯泰的哲学观点，主要关注点在托尔斯泰关于动物的思想观点如何与今天对这些问题感兴趣的哲学家和作家观点相吻合。在过去的几十年里,动物权利和动物与人类的相似程度的问题重新引起了哲学家和科学家们的关注,这也许是人类对动物行为和动物大脑有了更深的了解的结果。可见,在英美研究中学界同样也十分关注托尔斯泰的和平主义思想。

除此之外,还有学者 G. M. 汉贝格(G. M. Hamburg)在《托尔斯泰的灵性》(*Tolstoy's Spirituality*)中,以托尔斯泰晚期的精神书写为重点,探讨他的精神性,涉及托尔斯泰的信仰皈依问题,认为托尔斯泰努力把真正的信仰从社会伪善、错误信仰的束缚中解放出来。此外,该文还谈了托尔斯泰的一些自律思想,从而将托尔斯泰定义为一个反对传统文化信仰的思想家。

三、叙事学批评。此类批评最典型的是贾斯汀·威尔(Justin Weir)的《托尔斯泰与叙事不在场》(*Lev Tolstoy and the Alibi of Narrative*),作者采用"叙事不在场"这一术语来描述托尔斯泰在其创作中如何利用一个基本的矛盾体来塑造其在作品中所扮演的独特角色。此外,该论著不仅拓宽了"叙事不在场"的概念范围,还探讨了这种"不在场"的动机,以及托尔斯泰对个体间交流可能性的高度关注。论著反复回到一个核心问题上:对于一位质疑文学交流有效性的作家来说,他如何将作家自己与他者之间的对话表现得如同沉默一般?如果"叙事不在场"具有高度的延展性,那么读者在阅读过程中可能会体验到一种持久而复杂的担忧感,这种感觉进一步扩展了阅读的空间。此外,威尔指出,"叙事不在场"的概念帮助他在分析托尔斯泰晚期作品与早期作品之间建立了有力的联系点,揭示了贯穿其整个创作生涯的一致性与变化性。

还比如在沙龙·卢克曼·艾伦(Sharon Lubkemann Allen)2002年的论文《死亡视角的折射:19世纪俄法小说的叙事视角》(*Reflection/Refraction of the Dying Light: Narrative Vision in*

Nineteenth-Century Russian and French Fiction）对托尔斯泰作品中所描述的"死亡"所折射出的矛盾性进行了研究。此外，安德烈·亚斯肖恩（Andreas Schöne）在其2010年的论文《崇高的视觉与自嘲：托尔斯泰的死亡美学》（Sublime Vision and Self-derision: the Aesthetics of Death in Tolstoy）中认为死亡在托尔斯泰的艺术和知识世界中占有突出的地位。论文对托尔斯泰的《童年》《少年》《青年》《战争与和平》和《安娜·卡列尼娜》以及《克鲁采奏鸣曲》等不同作品中的死亡叙事进行了广泛讨论，并结合什克洛夫斯基的"陌生化"理论，揭示出其死亡叙事的不同特征。奥尔加·弗拉基米罗夫纳·斯利维茨卡亚（Olga Vladimirovna Slivitskaya）的论文《〈战争与和平〉的诗性》（The Poetic Nature of War and Peace）则从人的意象、世界意象、变位等角度，探讨了《战争与和平》中的诗性本质，这些观点均为本研究提供了许多值得思考的地方。

加里·布朗宁（Gary L. Browning）在《托尔斯泰小说〈安娜·卡列尼娜〉中的"联系迷宫"》（A "Labyrinth of Linkages" in Tolstoy's Anna Karenina）中分析了高度发达的符号群中的"联系和关键点"，这是先前未被注意到或也只是简单提及的新发现，这些符号群源自安娜的火车旅行和农民噩梦，寓言源于沃伦斯基灾难性的障碍赛。在这迷宫般的叙述中，寓言和结构模式的嵌入使小说产生了重要的意义。这项研究对理解托尔斯泰创作中的象征、寓言、叙事结构等艺术手法有非常值得借鉴的意义。同样的，艾莉森·塔普（Alyson Tapp）2007年的一篇论文则从移情视角出发，从情节场景、语言结构以及由比喻和主题模式所连接变换的叙事视角等层次，对小说《安娜·卡列尼娜》中的移情叙事视角进行了细致分析。

四、传记批评。由于之前未发表的档案材料陆续发布，在过去的十年里，关于托尔斯泰生平的著述大量涌现。这其中影响较大的著作主要是以英文出版的罗莎蒙德·巴特利特（Rosamund Bartlett）的《托尔斯泰：俄国的生活》（*Tolstoy：A Russian Life*）和安东尼·布里格斯（Anthony Briggs）的《短暂的生命：列夫·托尔斯泰》（*Brief Lives：Lev Tolstoy*）。这两位传记作家为大家理解托尔斯泰的一生做出了独特的贡献。巴特利特全面考察了托尔斯泰在社会中的地位以及他与社会力量的互动，并以俄罗斯和苏联对托尔斯泰作品的接受为关注点，在托尔斯泰的生活方式选择与艺术手法之间找到了权衡。巴特利特的非评判风格与布里格斯所采取的立场，形成了鲜明对比。布里格斯对托尔斯泰的简明论述，集中于托尔斯泰文学创作的哲学影响。布里格斯认为，托尔斯泰的哲学接受从卢梭到叔本华，再到他晚年思想转变，都是他对生活理解的一个明显的进步。托尔斯泰被消极地描述为一个抑郁的人，尽管其作品的价值被视为是积极有力的。在这两本传记中，托尔斯泰的一生都被视为与他的作品有着密切的联系，但是也并没有完全交织在一起。这些分析还是反映出了著者强烈的研究主体性。

除了这些视角以外，还有其他研究托尔斯泰的方法，比如新颖的"大众文化"研究。2010年是托尔斯泰去世的100周年，在此前的十年里，大众传媒和大众文化在全方面展现托尔斯泰的生活上起到了重要作用，迈克尔·丹尼尔（Michael Denner）在《通俗文学杂志》（*Journal of Popular Literature*）上对托尔斯泰与当时新兴媒体文化的互动进行了全面论述，而媒体对托尔斯泰生活轶事的关注，让大众对托尔斯泰的认知产生了较大的影响。凯瑟琳·希尔·赖希尔（Katherine Hill Reischl）在分析托尔斯泰与19世纪末20世纪初的大众摄影出版社的关系时，进一步探讨了名人与艺术发展交集的问题。

值得一提的是，扎卡里·塞缪尔（Zachary Samuel）在2016年的博士论文《欲望、事件、愿景：19世纪俄罗斯小说中的主体间性形式》（*Desire，Event，Vision：Forms of Intersubjectivity in the Nineteenth-Century Russian Novel*）中，挑选了《安娜·卡列尼娜》作为研究文本

之一,解释了19世纪俄罗斯小说中的主体性与艺术形式之间的关系以及托尔斯泰对人类主体性的各种理解。该论文将意识形态与艺术形式进行了创新而有新意的结合,对本研究课题有一定的启发。事实上,不管是比较文学视角还是思想批评等视角,这些研究角度并非相互排斥的,而是相互交融的。总的来说,此时西方学界对托尔斯泰的研究,不论从美学上还是思想上,都有待进一步展开深入系统的研究。

第三节
俄罗斯托尔斯泰研究综述

列夫·托尔斯泰经历了俄国解放运动的三个时期:1825—1861年的贵族革命时期、1861—1895年的平民知识分子时期、1895—1905年的无产阶级革命时期,其创作持续了近六十年之久。而关于托尔斯泰的研究,也从他发表的第一篇小说起,就一直备受俄国文学批评家的关注。

19世纪50年代,托尔斯泰的《童年》发表,之后《少年》《塞瓦斯托波尔故事集》《伐林》《袭击》《一个地主的早晨》相继问世,当时他被俄国文坛公认为是后起之秀。此时,主要以涅克拉索夫、车尔尼雪夫斯基等为代表的批评家们坚持现实主义方向,肯定了托尔斯泰真实而深刻地反映社会现实的创作方法,指出托氏在自传体三部曲中能看出作家对周围生活的透彻观察和清醒剖析。车尔尼雪夫斯基在进行思想倾向分析的同时,针对托尔斯泰的艺术个性,提出"心灵辩证法"这一创作特色。他在评论文章中指出,"托尔斯泰伯爵才华的特点是他不限于描写心理过程的结果:他所关心的是过程本身……"(倪蕊琴,1982)[32]。值得一提的是,不同于此时对托尔斯泰创作的普遍论断,德鲁日宁则反对文学创作的社会倾向性,认为托尔斯泰是为艺术而艺术的作家,"托尔斯泰伯爵是我们奉为唯一真正的艺术理论——自由创作的一个不自觉的代表"（倪蕊琴，1982）[51]。

农奴制改革后，托尔斯泰创作了《战争与和平》（1863—1869）和《安娜·卡列尼娜》（1873—1877）这两部巨著。它们从内容到形式都突破了过去的文学传统，它们的题材、体裁都极为复杂新颖，对俄国和世界小说发展做出了贡献。

《战争与和平》发表后，除了肯定托尔斯泰的创作才能外，评论界的争论很大，有的人从司各特的文学观点看，觉得《战争与和平》是小说，但却插入了历史事件；有的人认为既然是小说，其中对历史事件的描写似乎影响了人物的性格发展。安年科夫在《列·尼·托尔斯泰伯爵之〈战争与和平〉小说中的历史与美学问题》一文中指出，"尽管画面复杂而丰富，辉煌而高雅，但全部作品的根本缺陷就是缺少小说的情节发展"（倪蕊琴，1982）[71]。即使是屠格涅夫，在一开始也未认可《战争与和平》。他在1863年3月25日致费特的信中写道："《一八零五年》的第二部甚为平庸，浅薄，耍滑头。托尔斯泰对于'我是不是一个懦夫？'这种没完没了的议论，未必就不感到腻味？这都是战场上的心理变态。这哪里有时代特色呢？哪里有历史色彩呢？杰尼索夫这个人物写得虎虎有生气，可惜的是没有背景"（托尔斯泰娅，1985）。而托尔斯泰试图挣脱现有的西欧传统小说的标准，他声称道："在近代俄罗斯文学中，没有一部稍稍出色的艺术散文作品是长篇小说、叙事诗或者中篇小说的形式所能完全容纳的"（托尔斯泰，2010）[14]。这说明了在文体把握方面，托尔斯泰是有自己独特思考的。

就《安娜·卡列尼娜》而言，一些评论家则不乏敏锐的文学鉴赏力和细致观察，如陀思妥耶夫斯基就曾给予《安娜·卡列尼娜》以高度评价，称它是"一件艺术作品，《安娜·卡列尼娜》完美无缺，现代欧洲各国文学中没有类似的作品可以与之比拟；其次，就其思想而言，这已经是我们的，我们自己的，亲切的东西，亦即在欧洲世界面前显现出我们的特质的东西"（梅列日科夫斯基，2000）。

19世纪七八十年代，托尔斯泰思想发生巨变，在1877年写完《安娜·卡列尼娜》后有将近十年的时间没有写出重要的文学作品，而是写了大量伦理、哲学方面的论文宣扬"托尔斯泰主义"。于是俄国评论界开始对托尔斯泰"一分为二"地界定为：艺术家托尔斯泰与思想家托尔斯泰。民主主义者米哈伊洛夫斯基在《再论托尔斯泰》中根据《傻子伊万的故事》认为托尔斯泰的思想阻碍了其艺术创作："托尔斯泰伯爵作为一个文学家而且是正直的文学家，却不敢面对现实生活。异族侵略从来都没有好下场，因此，理论家才需要一只无所不能的手，他可以随心所欲地去虚构，即是说，他可以放手地去杜撰谬误的东西"（倪蕊琴，1982）[141]。米哈伊洛夫斯基关于托尔斯泰这种思想阻碍艺术创作的观点影响了学界关于托尔斯泰的研究。许多评论家认为，艺术作品如过分强调思想，则会破坏作品的艺术性，在"托尔斯泰主义"的影响下，托尔斯泰的艺术创作天赋都被埋没了。

步入20世纪，出现了如普列汉诺夫、高尔基、列宁等无产阶级评论家，他们认为"托尔斯泰主义"不利于革命和马列主义的传播。高尔基首先肯定了托尔斯泰小说艺术性上的成就，他说："在这领域内，他确是真正伟大而且功勋彪炳的……他的作品将永世留存，俨若天才的顽强劳动的纪念碑"（倪蕊琴，1982）[284]。同时，高尔基又对托尔斯泰的"勿以暴力抗恶"进行了批评："我们不应该固守托尔斯泰的结论，他的草率倾向的无抵抗主义的说教；我们知道，这种说教就其最后结论来说乃是极其反动的；我们知道，这种说教是可能有贻害的"（倪蕊琴，1982）[284]。

这一时期，列宁非常喜爱和熟悉托尔斯泰，接连发表了七篇论述托尔斯泰的文章，探讨了托尔斯泰与俄国革命之间的关系，明确了他创作的作品的现实批判意义。他从辩证唯物论的反映论出发，把托尔斯泰的思想与作为革命主力的农民结合起来，指出他是"俄国革命的一面镜子"(中央马列编译局,1995)²⁴¹。通过分析托尔斯泰与俄国革命之间的关系,列宁对托尔斯泰作品中所反映的批判现实主义,一定程度上引导着这一时期对托尔斯泰研究的方向。但列宁主要是从政治家的立场出发,以无产阶级革命斗争为需要而做的文艺批评。因此在艺术方面,列宁缺乏更为具体和专业的评论。

别尔嘉耶夫、安德烈·别雷等人把托尔斯泰放到俄罗斯传统文化中研究,认为托尔斯泰体现了俄罗斯传统文化中的生命意识、救赎精神和末世论。别尔嘉耶夫专注研究托尔斯泰思想中的神秘主义。别雷认为,托尔斯泰的创作中所体现的悲剧性是传统文化的悲剧,"在艺术创造的最深层,存在着一种意欲,一种把握这种明确趋向于反映现实的艺术创造的意欲。在我们的艺术天才的注意力的最深层,是鲜明的或神秘的希望,急欲在创作中窥破我们存在的奥秘……仔细聆听天才的声音,我们似乎明了:艺术创造和生活创造的根源是合一的"(邱运华,2000)。梅列日科夫斯基受到赞誉的论文《托尔斯泰与陀思妥耶夫斯基》从唯美主义和神秘主义角度对比两位作家,列举、分析了他们生平中的某些细节及作品中的情节和细节,指出其中哲学的、传统文化思想的含义。

20世纪50年代以后,苏联出版了《托尔斯泰全集》百年纪念版,而且托尔斯泰的研究成果也相当丰富。

首先,此期出现了许多有价值的专著。作为俄国形式主义奠基人之一的苏联文艺批评家什克洛夫斯基写了两部有关托尔斯泰的专著,即《列夫·托尔斯泰传》和《托尔斯泰的小说〈战争与和平〉中的资料与风格》。前者记录了托尔斯泰传奇的一生及他的生平和大事年表;后者对托尔斯泰史诗性的长篇小说《战争与和平》进行了分析评论。赫拉普钦科则详细评论了托尔斯泰的现实主义艺术风格,他数十年研究托尔斯泰创作的结晶《艺术家托尔斯泰》中有不少独到的见解,受到苏联评论界的赞扬。有人认为该书是最重要的文学史著作之一,把托尔斯泰研究向前推进了一步。该书内容丰富,对了解托尔斯泰的创作道路和几部重要作品的艺术特色都有重要的参考价值。值得一提的是，他的论文《论托尔斯泰的现实主义艺术》详细探讨了托尔斯泰艺术成就，指出"史诗的广阔和雄伟"是托尔斯泰作品的本质，认为托尔斯泰把历史事件、社会生活、社会冲突和作品人物的生活史有机地统一在一起，同时又将尖锐的讽刺、对人物内心世界的深刻描写相结合。托尔斯泰研究的另一项成果是艾亨鲍姆的《托尔斯泰》（三卷本），批评家用形式主义文论的方法，研究了托尔斯泰从19世纪50至90年代的几乎全部重要作品，并对其具体作品的形成、主旨和语言都做了值得充分肯定的工作。

其次，这一时期还出现了许多对托尔斯泰具体作品的研究成果，具有代表性的有斯利维茨卡娅的《列夫·托尔斯泰的〈战争与和平〉》。该专著从人与人交往的特殊角度，分析了《战争与和平》中人物与世界联系中的心理机制：人认识客观现实、人认识人的自身、理解他人以及人与人之间交往中的心理机制。乌斯宾斯基的《论〈安娜·卡列尼娜〉》认为《安娜·卡列尼娜》是19世纪六七十年代俄罗斯社会生活的百科全书，是托尔斯泰世界观转变前后两个创作时期的中间环节。这部作品的不朽意义在于：安娜的生活、斗争和死亡是托尔斯泰为表现深刻的社会冲突而凸显出来的，且托尔斯泰对她命运的描写则与传统的家庭小说不同。托尔斯泰批判了资产阶级关系的同时，强调了人民群众的重要地位。列米佐夫的《托尔斯泰的长篇小说〈复活〉》研究了小说《复活》思想与艺术中的一些具有现实意义的问题，研讨了托尔斯泰对善与恶、自由与必然、生与死、个人与他者的看法和作者的理想原则如何在其艺术实践中体现。

最后，在这一时期，又出现了许多关于托尔斯泰的传记和回忆录。在托尔斯泰身边当了两年秘书的古谢夫撰写了《托尔斯泰艺术才华的顶峰》《悲凉出走》等托尔斯泰评传。他的论文《托尔斯泰是怎样进行创作的》（收入论文集《在托尔斯泰的世界里》具体谈到了托尔斯泰怎样处理创作中的各个环节，又怎样对待创作中出现的各种情况。该文的价值在于作者掌握了大量有说服力的材料,并将其与生动的回忆相结合,揭示出托尔斯泰创作的一般规律和其独特性。什克洛夫斯基的《列夫·托尔斯泰传》则是介绍了托尔斯泰创作中所反映的社会矛盾是如何具体体现在作家的生活琐事中的,而这种矛盾无法在作家的生活中得到解决,反而酿成了作家人生的最终悲剧。

除此之外,托尔斯泰亲人写的大量传记也相继出版面世,比如他的小女儿亚历山德拉·列沃夫娜·托尔斯泰娅的《父亲——列夫·托尔斯泰的生平》。亚历山德拉结合托尔斯泰已发表的作品、日记和书信,利用各种相关评论和传记资料,注重记录托尔斯泰的文学创作活动及其思想境界和道德情操的发展过程,从较深层次描绘出托尔斯泰的生活轨迹,反映出托氏一生与19世纪俄国的文艺、政治、哲学、教育等的有机联系,成为评论和研究托尔斯泰的最重要资料之一。另外,传记类研究著作还有托尔斯泰大女儿塔吉雅娜·列沃夫娜·托尔斯泰娅所著的回忆录合订本《列夫·托尔斯泰长女回忆录》和收录了托尔斯泰亲属、同时代作家和艺术家等几十个人的回忆录合著《同时代人回忆托尔斯泰》等等。这些传记和回忆录均从不同角度记述,共同描绘出复杂矛盾的托尔斯泰,成为研究和评价托尔斯泰的重要资料。

总的来说,20世纪的托尔斯泰文学评论主要还是从现实主义的角度,对作家作品所反映的现实意义进行了研究。伴随对苏联文学的关注,托尔斯泰创作中的人文思索、哲学、道德主题也被评论界所关注,但此期能将作家思想性与艺术性结合起来的研究成果还略显匮乏,为托尔斯泰作品经典化研究留下了很大的研究空间。

到了21世纪,"托尔斯泰在俄罗斯"的研究视角方法更为灵活多元,其主要表现在文学创作、思想家、传记写作三个方面。

在文学创作方面,俄罗斯研究者斯利维茨卡娅在专著《"真理处于运动中":论列夫·托尔斯泰世界中的人》中借助"运动原理"考察托尔斯泰对人的本质问题的思索;还有研究者纳金娜则借助"共性"的概念，将托尔斯泰小说中的人物与"荒漠""山地""暴风雪""家园"等地域空间结合起来，考察作家对人物的塑造艺术；还有学者杜纳耶夫在其著作中提到托尔斯泰的一章里，从文学与传统文化的视角出发，考察托尔斯泰艺术作品中的传统文化信仰的因素，指出作家对爱的教义的重视之余，却避而不谈神恩，而且"以小见大"通过考察作家艺术作品中个体人物的命运，概括了同时代整体思想的面貌；另外，学者尼古拉耶娃在其著作《列夫·托尔斯泰的艺术世界》中考察了作家晚年思想的变化对创作题材变化的影响。此外，这一时期还出现了将作家与陀思妥耶夫斯基进行比较的情况，基本强调了作家在俄罗斯文化世界性上做的贡献，还有的则考察作家作品中对民间用语的接受。

此期，就托尔斯泰具体作品的研究也有新的成果，如拉祖米欣的专著《俄罗斯幸福生活的快乐与悲伤》借助现代性的理论，对《战争与和平》中的皮埃尔与安德烈进行考察，对比了他们在生活路线上的不同，前者选择了精神觉醒与道德感性相联系的生活路线，而后者更多是选择了与纯粹理性相关的政治、荣誉等生活路线。斯利维茨卡娅的专著《论〈安娜·卡列尼娜〉中类生命的效果》则研究了小说中的生命问题，通过考察列文与安娜精神轨迹与性格特征，探讨了小说结构的合理性，指出在现实图景中，安娜和列文两条线索作为两种生活类型的存在彼此平衡。还有研究者探讨了托尔斯泰部分作品中体现了叔本华哲学，在创作手法上虽然使用了《红与黑》的创作技巧，但在主题等多方面有很大区别。

对思想家托尔斯泰的研究，哲学家阿卜杜萨拉姆·A·侯赛因诺夫在《伟大的预言家和思想家》一书中表示，他完全不认同人们所认为的因托尔斯泰对一切形式的暴力进行否定而导致他无法更加深刻而全面地认识生活的观点。相反，他认为托尔斯泰的"勿以暴力抗恶"，强调的是"不抵抗"，托尔斯泰从历史的角度肯定了一定时期国家暴力的合理性，认为"我们一定要抗恶，但不应是暴力的方法"。另外，还有学者围绕"人的存在"的哲学问题将托尔斯泰思想与思想家施韦泽、柏格森、尼采和伏尔泰等进行了联系与比较；也有的学者通过分析托尔斯泰的政论作品，考察作家对康德、叔本华、孔子、老子等思想的接受。托尔斯泰思想遗产与当代社会对话、人道主义作为托尔斯泰学说方法论、从早期的二元论到晚年的一元论、对被教会开除等话题也都有全方位的解读和研讨。

作家传记方面，托尔斯泰研究出现了许多作家身边工作人员和子女的回忆录，如《托尔斯泰的心灵》《托尔斯泰的出走》等著作，它们对作家日常生活、哲学思想生活、艺术创作、精神历程等进行了更加详细的介绍，提供了许多非常有用的研究资料。还有专著将传记写作融合了作家文学和文论的，学术价值之外也令人耳目一新。

总的来说，这一时期批评家对作家作品的诠释实现了艺术家托尔斯泰与思想家托尔斯泰视角的结合，但关于作品艺术性的探索还留有很大的研究空间。这一时期，批评家们主要在作家的思想上进行了详细分析，特别是在分析对比托尔斯泰思想与叔本华、尼采等著名哲学家的思想联系方面有了丰富的研究成果，而且作家传记写作达到了高度繁荣，为研究作家艺术创作与思想探索之间的关系提供了更加全面而有用的文献资料。

综上所述，我们可以看到，迄今为止，无论俄罗斯研究学者，还是英美研究学者，他们对托尔斯泰的思想性的研究都取得了丰厚的成果。但在一些研究成果中，尤其在托尔斯泰思想与艺术关系的问题上，还有所保留。许多评论者主要着眼于托尔斯泰的创作对俄罗斯现实的反映，但仅从现实反映论的角度去评价托尔斯泰这样的世界级作家是不够全面的。在文学艺术表达与普世性思想之间，以及精湛的艺术形式与精神动力之间，只有进一步研究二者之间的互动，来发掘托尔斯泰文学文本中能够激发无限意义的机制，解读托尔斯泰作为艺术生命的活力所在，才能更好地理解托尔斯泰走向世界的原因，从而为我国文学走向世界提供借鉴。

第二章

历史与心灵:《战争与和平》的双层艺术结构

在历史小说的创作中,如何把史实的真实性与创作的艺术性有机地融合在一起,一直是文学创作界和批评界关注的重要问题之一。列夫·托尔斯泰的鸿篇巨作《战争与和平》是一部集史实性与艺术性于一体的文学经典,被誉是为伟大时代的民族史诗。在这部史诗般的文学巨著中,托尔斯泰以1812年的俄国卫国战争为中心,反映了1805年至1820年间的重大历史事件,真实地记载了这一历史时期的"战争"及其间的"和平"生活。托尔斯泰笔下的人物似乎活灵活现地存在于真实世界里,一个个人物"被赋予了生命":"自《战争与和平》第一次出版以来,几乎没有一个批评家不以某种方式对他的'真实性',对他所创造的'现实的独特幻觉',以及他所创造的'世界上每一个物体和每一个人的著名的生命相似性'表示敬意。"

然而,既然是一部文学经典,长篇小说《战争与和平》之所以能够超越历史,为不同时代的读者所阐释,这是与其普世性价值分不开的,这其中的普世性是与托尔斯泰关于"天人合一"思想的探索相关的。在创作《战争与和平》期间,托尔斯泰将人与"天道"的同一理想等同于实现"自然至善",在他看来,"世间的万事万物只有充分发挥自然本性,发挥自己的创造性,整个宇宙才会走向和谐,走向至善,也是实现'人道'的最佳方式之一"(张中锋,2015)[29]。正是在这种"天人合一"的探索中,小说深刻描绘了人物心灵的变化历程,体现了在心理冲突的"战争"与顺应自然的"和平"心境之间的互动。

在小说中,从表层上来,托尔斯泰记载着"战争"与"和平"的历史真实生活,但却在更深层上展示着人物受俄罗斯民族思想的洗礼,走向自然和谐的精神历程。由此,该长篇小说形成了生活与心灵双重层面上的交织、互动与对话的独特艺术形式。历史现实中众多人物的生活线索与心理世界中主人公个性的内在脉动,构成了这部长篇小说的"不匀质"或曰"异质",从而超越历史时空,造就了小说双层叙述的意义再生机制,这种独特的叙述结构为读者敞开了无尽的可阐释空间。

在这一章中，本研究将借助洛特曼的文化符号学理论，围绕五位主人公漫长而复杂的生活和精神探索之旅，揭示《战争与和平》小说文本空间中的异质性如何构成了其特有的艺术形式。在小说中，每个人物都呈现了对"天人合一"执着而复杂的精神探索，每个人身上都交织着不同形式的生命张力与道德规范、自由意志与个性压抑之间的矛盾，正是这些多元的精神存在，赋予了小说以活力。根据文化符号学理论，对话作为文本空间的基本活动方式，主要以"我—我""我—他"两种具体形式展开。作为一部历史性小说，时间无疑在小说的结构特征上起着重要的作用，在"我—我"的对话中，人物自身集合了过去、现在和未来，在碰撞与对话中，形成了文本意义的再生；而在"我—他"的对话模式中，主人公则在不同的年龄段，带着自己曾有的价值观，迈入新的意识形态中，在原有的价值观念与新价值观的碰撞、交流中，实现了时空上的"越界"。

第一节
统一的世界：人与自然

在探讨《战争与和平》中人物的心灵之旅之前，我们有必要对小说中所表现出人与自然的统一的问题进行探讨。在《战争与和平》中，"自然"不仅仅是《哥萨克》中像哥萨克人一样所拥有的富有诗意的、和谐的自然生活，托尔斯泰试图将"爱他人"也纳入自然的范畴，正如托尔斯泰在"谁应该教谁写作：是农民的孩子向我们学习，还是我们向他们学习"中所论述的那样，托尔斯泰反驳了黑格尔由道德相对主义所推断出的"唯一绝对的善就是进步"，而认为进步的真正法则是存在于每一个个体灵魂中的完美潜能，在这个自然所赋予的完美潜能中，人在精神追求上可以达到"爱他人"的完美境界，从而实现与自然的统一。

同时，为了实现人与自然的统一，托尔斯泰试图提出民族生活与个人生活两个概念。在他看来，真正的历史是《战争与和平》中所定义的"研究各民族生活和人类生活"（托尔斯泰，2007）[1200]。这里的"民族生活"与"人类生活"，正如美国学者加里·索尔·莫尔森（Gary Saul Morson）所认为的"如果终极法则支配着历史，那么只有与决定论相关的概念才能理解它们……在《战争与和平》中，这就是托尔斯泰为何将客观、确定的领域与主观、自由的领域这两个方面区分开"。对于这里的"客观、确定的领域"，为了在这一层次实现人与自然的统一，托尔斯泰在小说中扩大了自然的外部界限，人类生活的所有重要的事情都会向自然靠拢，都会被揭示出自然的正当性，甚至包括战争。

托尔斯泰认为，在历史力量的控制下，人们做的事情无论好坏，都违背了自我。这些力量，以及战争本身，都是"生物的"，它们是由一个神圣的存在引导的。在其文论《就〈战争与和平〉一书说几句话》中，托尔斯泰说明了《战争与和平》背后的自然思维，"自从开天辟地以来，人们就知道互相残杀，这在肉体上和精神上都是坏事，为什么千百万人还要这样做呢？因为这是不可避免的。人们互相残杀，是在按照那条自然的动物规律行事，就像蜜蜂到秋天互相残杀那样，雄性动物按照这条规律要互相残杀。对这个可怕的问题没有其他答案。这个真理不仅显而易见，而且是每个人生来俱有的，无需再加以证明"（托尔斯泰，2007）[1243]。这段文字说明了客观历史从个人到家庭延伸到国家，体现了生命的运动形式，就像皮埃尔梦见了他的地理老师给他展示的地球仪，上面密密麻麻的点子时而合并，时而分裂。地球仪代表了整个自然生命，点子就是个体生命。

这种生物驱动，在托尔斯泰的文论中，他认为也只是表现为主观的感觉世界，我们不一定从历史的"冲突"和运动中知道自然法则的初衷或意图。虽然人们有时可能"感觉到"（如库图佐夫），但我们不能知道历史的客观真相。可以肯定的是，如果所有的事情都是由理性支配的，那么生活就不存在可能性，事实上，生活存在许多未知的可能性，因此生活是无法预测的。由此，莫尔森并未否认托尔斯泰的形而上学决定论世界的存在，但如果它确实存在，就不能完全与人类生活无关，人类必须承认其合理的自由限度。当像拿破仑这样的人"越界"时，他就成了命运的棋子。托尔斯泰坚持认为人类必须管好自己的事，让自然规律管好自己的事。政治人物必须有足够的能力来承认他们缺乏掌握自然法则的能力，就像库图佐夫所做的那样。我们对人类的"群体"或政治生活中发生的事情没有最终责任，尽管我们必须参与其中，但我们要为自己的个人生活负责；政治历史成为自然法则的一部分，每个人与自然意志互相影响，自然界的意义隐藏在形而上学的那一部分。由此，托尔斯泰才把"个人生活"与"民族生活"分开。

对于"个人生活"而言，托尔斯泰否定了历史学家所研究的"历史"："对于史学家，就人物为某一目的所起的促进作用而言，是有英雄的……史学家有时必须稍稍扭曲真实，把一个历史人物的全部行动归结为一种思想，这种思想是他加给这个人物的……史学家所涉及的是事件的后果，艺术家所涉及的是事件的事实本身"(托尔斯泰，2007)[1232]。在《战争与和平》中，神圣的历史神秘而真实，取代了历史学家歪曲的"政治历史"。作家批判了理性的进步历史观，"几乎为所有史学家普遍采用的抽象概念是：自由、平等、教育、进步、文明、文化。史学家把某个抽象概念作为人类活动的目的，同时研究留下最多纪念碑的人物——皇帝、大臣、将军、作家、改革家、教皇、新闻记者，按照他们的意见，就是研究这些人物在多大程度上促进或阻碍某个抽象概念"(托尔斯泰，2007)[1212]。托尔斯泰否定了这种英雄化的历史观，而是认为历史是由参与其中的所有因素的合力，是那些没有历史决定感的人，组成了推动历史前进的合力。要在这一层次上实现人与自然的统一，托尔斯泰认为进步的唯一真正法则存在于每个个体灵魂中的完美潜能。

"追求完美"是托尔斯泰为自己和整个人类设定的目标，他在早期的创作中就将"追求完美"传授给他的"三部曲"叙述者尼科连卡。作为自然造就的人是不够好的，自然人应该具有"追求完美"的品质，从而使某种进步成为必要。从托尔斯泰最早的哲学思想来看，他似乎把最高层次的"追求完美"与爱和理性联系在一起。在作家早期作品中，主人公们寻求着自我完善的探索，他们在"爱自我"与"爱他人"之间权衡，对"天道"进行着一定程度上的自我体悟。

在《哥萨克》中，如叶罗什卡、玛丽亚娜本身就与大自然朝夕相处，与大自然相互交融、和谐一致，他们展现了纯洁无瑕、自然率真的精神特征，他们不用也不会考虑生命意义的问题，不会考虑如何达到自我完善，生命的意义或许就在于他们自我自然生命力的彰显，但他们并非真正的社会化者，所以他们的道德只延伸到对自我的爱的克制。不同于哥萨克人，来自文明社会的奥列宁，在自然人与文明人的比较下，通过自我体悟，认为"自我完善"的真谛就是在于"爱别人"，并且要抛开来自文明社会的物质财富与精神虚伪，实现自我牺牲。然而，奥列宁"爱别人"的真谛是来自于在自然界的体悟，当他试图实现它时，"爱自己"的想法也会偶尔在他心中作祟，潜藏在自我意识深处的虚伪也会时不时妨碍他自我牺牲的实现。可见，如何真正实现自我完善，奥列宁并未做好充分的精神准备，还需要时间。

在《战争与和平》中，主人公们都在"自我完善"上进行着一定的探索与进步，其中最高典范是普拉东·卡拉塔耶夫。他身上反映了一定的自然生命观，即大自然是至善的，人作为大自然的一部分，人身上同样也会具有完美本性。不同于《哥萨克》的奥列宁为了爱而爱，为了"目标"而有意识地去爱，普拉东则是将"爱"与他自身的生命融合在一起，变成内在的自然要求，反过来就会从一般的角度来看待自己的人生，"个人生活他觉得毫无意义。只有作为他经常感觉到的整体的一部分才有意义"（托尔斯泰，2007）[994]。普拉东把自己的利益同人类的利益联系起来，从而遵从整体的运行规律，将个人所做的与周围的一切达到自然和谐的状态。

　　普拉东所讲的那个被冤枉的商人的故事，说明了每一个生命，即使是一个被冤枉的生命，只有在提到自然整体法则时才有意义。从个人的角度看，商人故事是不公正的，但在经历了这种可怕的不公正中，商人却一生怀着善，面对真凶最后的忏悔没有怨言，露出欣慰的笑容。在苦难中商人对自然生命中的"爱"有了深切的体悟，他知道自己的生活有着超越自己幸福的意义，才能获得人类最终的满足。这个故事通过这种隐喻的方式，具象化地体现了构成普拉东自然生命的精神特征，比如爱、宽恕、顺其自然等。与内在历史不同的是，自然的和谐状态不是关心个人的命运，而是整个自然的和谐统一，无论是被诬告的杀人犯，还是真正的杀人犯，生命自然性的个体都要追求一种与自然相融合的完美状态。

　　可见，外部历史和内部历史有一个重要的区别，即后者属于个人责任范畴，外在历史则属于"爱"的自然法则的范围，是外在的"天道"。因此，普拉东故事中的商人认为，我们无法左右别人的想法，即使我们不可避免地参与了别人的命运；但我们都要对自己负责，包括他自己在内的所有人，无论生活给他们带来什么不幸，都应该遵从"天道"，遵从"爱"的自然法则，这样才能达到生命浑然天成的和谐状态。就像皮埃尔通过地球仪的隐喻，意识到"爱"是生命运动中的重要因素，"爱"可以将自己与他者联系，融合成一个自然和谐的整体。

　　"追求完美"是每个个体灵魂中的道德力量，它与统领整个世界的"爱"的自然法则的神圣目标相类似。但在实际生活中，人们在"爱自己"与"爱他人"中进行权衡，只有当人类屈服于自然的力量和倾听良心的声音时，他们的行为是相似的，都会为了"集体生活"的目标牺牲自身利益。在这一点上，人类个体与任何自然存在或小说所描绘的自然本身并无不同。个人服务于整体，这个整体又包含了构成世界的所有个体。由此，在《战争与和平》中，以普拉东作为自然生命观的真切写照，试图构建一个动态而统一的自然世界，这其中包含了个人与国家的"历史"。

第二节
"我—我"：时空中的自我对话

对于上一节提到的这种动态而统一的自然世界在《战争与和平》中的运行方式，学者谢尔盖·博恰洛夫认为："浮士德的能量是由各种元素组成的和谐生活中的一个元素，所有这些元素就像皮埃尔梦想中的液体球体发生冲突、结合或者分裂。《战争与和平》结束时建立的平衡和家庭幸福，与其说是生活的目标，不如说是生活之前的运动和战争状态。《战争与和平》中，在无休止的循环运动中，一个因素导致另一个，托尔斯泰将这种循环运动神圣化为道德"（Carden，1978）。这里提到了两种形式的对立，一种生产性的对立，即各种元素"循环"式的形而上的对立，与另一种"浮士德式"的理性推理形成对比，这是一种简单的非此即彼的对立。

小说中，安德烈可以作为这种"浮士德式"理性的典型，为了寻求生命中的自我的一种合理存在，他一生都在两种对立的情感体验之间挣扎：一种是人们内在自发的本真的爱，就像他童年时，保姆给予了他一种纯粹的无需回报的爱，它是以生命的本来面目呈现出来，保姆照顾他的每一刻，成为他永生难忘的记忆。而另一种则是为国出力、光宗耀祖的情感，出生于博尔孔斯基大贵族家族的他也看重贵族的荣誉，父亲逼迫他去做一些有价值的事，让他表现得像一个博尔孔斯基家族的人，要求他奔赴战场，为家族争光。在这两种矛盾的情感中，安德烈理性中的自我倾向则催生了非此即彼的危机，他只看到事物之间的二元对立，通过有限的时空或因果关系进行推理，最终无法将生命的有限性与爱的无限性融合。因此，在一次又一次的心灵斗争中，安德烈非此即彼的推理方式都使他无法走向永恒的爱，最终只能以死亡的方式，走向永恒。而这种有着强烈自我倾向的理性意识也使得安德烈复杂而矛盾的心理变化得到了充分的描绘。小说中充斥着对安德烈内心独白、意识流的描写，在这种"我—我"的心灵自我对话中，读者可以不断进行思考，从而解读出新的意义。

不同于巴赫金将对话看作是人物之间或主人公自身发出不同声音的复调，洛特曼的对话理论涉及面更广，除了人物之间的对话以外，还体现了文化存在空间中的语言多语性。他的对话不仅仅是"我和他之间的"，也有"我与我之间的"或"我与你之间的"。洛特曼曾将"我—我"与"我—他"的交际模式相区别："'我—我'模式称为'内在交际'，而将'我—他'模式称为'外在交际'……'我—他'模式中信息从'我'转移到'他'，因此信息的位移发生在空间中；而'我—我'模式中信息从'我'到'我'，信息在空间上并不发生位移，信息位移发生在时间上"（康澄，2006）[119]。具有自我倾向的安德烈，在"我—我"对话中，无疑充斥了丰富的记忆，集合了种种往事、怀念等等，此在的"我"与有着丰富记忆的"我"在对话中则获得了新的思想，重塑自己的个性，产生巨大的思想流。

洛特曼还曾提到："在符号圈中，我们不仅可以感知时间、把握时间，还可以与时间交流与对话。文化时间在符号圈中是带有人类所有记忆的文本。现在与过去、现在与未来、过去与未来之间的对话与碰撞，就是不同文本之间的交流与碰撞"（康澄，2006）[89]。由此可见，作为记忆的文本，虽然是过去的，但却是此在的思维工具，在和此在的对话碰撞中形成了一种意义的再生机制。托尔斯泰对人类意识中时间的变化，无疑进行了灵活的展现，他小说中的时间既是灵活的、主观性的，在不同的情境中，人物心理中融合过去、现在和未来，这就是心理的时间。心理世界的各种因素随着时间的演进，在相互碰撞与对话中形成了意义的再生。

这种心理时间上的对话，有时通过梦想、回忆和顿悟的结合来实现，就像安德烈在1812年临终前感悟到的启示一样，因为出于对死亡的困惑，他回忆起1807年的皮埃尔的谈话；有时又是通过直觉意识发展为永恒，比如皮埃尔在木筏上与安德烈的谈话。这些众多的心理活动的场景体现了托尔斯泰对思想中不同时间框架交叉点的艺术处理，以及生命的意义在于与永恒密切相连。

安德烈与皮埃尔在渡船上的经历可谓是经典的场景。此时经历丧妻之痛和战场负伤的安德烈，开始否定为了荣耀上战场、爱他人和自我牺牲的想法，认为过好自己的生活就好了。但受到共济会影响的皮埃尔，并不这样认为，他想表达自己的看法。在暮光之下渡河时，他们谈论着信仰和未来，皮埃尔说出了他对不朽的真诚信仰。他认为，从现有的生活来看，似乎充斥着罪恶与不满，但从永恒的视角来看，我们是整个巨大和谐整体的一部分，我们只是处于通往永恒的阶梯上的一个台阶上；既然我们知道整个宇宙从植物发展到人，那么就应该知道这样发展的阶梯应该不断向前伸展，而走向一个永久的状态"真理和善"。我们追求的最高幸福就在于努力达到这些目的。皮埃尔向安德烈指明了永恒的方向（他指指天空）。安德烈听后似乎开始在皮埃尔所说的永恒信仰和他自己的怀疑之间权衡。很快，他打破了沉默："是啊，但愿如此！"安德烈公爵说，"现在我们该上岸了"。他说着走下渡船，从木筏上走下来，抬头望着皮埃尔指向的天空（托尔斯泰，2007）[401]……

这里的"天空"激起了安德烈回忆他之前1805年在奥斯特里茨负伤时，躺在战场上仰望天空的情景。"他这是第一次看到他躺在战场上看到过的高邈永恒的天空。于是长期沉睡在他心里的美好的感情突然苏醒了。当安德烈公爵回到原来的生活环境时，这种感情消失了，但他知道，尽管这种感情他不会加以发扬，却已在他心里扎了根"（托尔斯泰，2007）[407]，在这里，安德烈记忆中的天空与皮埃尔所指的天空相碰撞，安德烈可谓在更深、更强烈的层面上，经历了一个重要的顿悟时刻，一种在日常时光流逝中的重要契机。1805年奥斯特里茨的无限天空，与那矮小的、毫无血气的拿破仑形成了巨大的反差，冲击着安德烈原本为了荣誉不顾一切的世界观，使他逐渐背离了"拿破仑主义"世界。同时，当时濒临死亡的感受，也给安德烈带来了一种没有什么东西能持久的感觉。与永恒相比较，幸福也就像名望一样短暂。失掉了原有的信仰，安德烈无法从失望中汲取新的营养，从失败中获得新的前行方向，丢掉了灵魂，就只能成了"动物的人"。在迷茫和极度失望中，他只好选择在博古恰罗沃庄园之中碌碌无为。

直到皮埃尔的出现，在他俩关于"永恒"的对话中，安德烈对渡口上"永恒的天空"的"美好感情"苏醒了，他对奥斯特里茨的"天空"最初的反应也被激活了：他渴望接受新发现的生命之美。正如托尔斯泰在文中所说，"同皮埃尔见面是安德烈公爵生活中的新纪元，从那时起他表面上虽然维持老样子，内心却开始了一种崭新的生活"（托尔斯泰，2007）[407]。可以说，这是一个充满意义的时间点，安德烈从这一点开始的生活，展开在两个时间框架、两种生活节奏中。一种是他一直过的"老一套"的生活，由世俗的责任和顺从所支配；另一种是内在的、独立发展着地寻求生活的另一种契机。这一契机的出现，无疑是遇见了充满生机的娜塔莎，让他接受了自然的美好，唤起了他的爱情。然而，一旦安德烈将他对娜塔莎（以及皮埃尔的理想主义）的反应，转化为对"和谐生活"的渴望，他却又落入了另一种世俗追求中。这一次不是军事上的名望，而是因为他对斯佩兰斯基的热情钦佩，渴望在其影响下能在政治上有所作为。再次被荣誉感支配的安德烈，未选择与娜塔莎马上结婚，而是以一年作为考验期，他们爱情最终破灭了。

在安德烈之后众多的活动场景中，最值得一提的是，他在1812年鲍罗金诺战场受到致命伤后的场景。安德烈漫长的濒临死亡场景与皮埃尔在木筏上的谈话相呼应，他心理活动的时间变化及其连续性记忆以及现世和永恒之间的关系，都聚集在一起，安德烈经历了一系列的过去和现在之间的对话，这些对话中夹杂着不断向他袭来的顿悟力量。

在受伤后不久，安德烈开始体验着时间的相对性。在安德烈的记忆中，我们看到，现在稳步地接近过去，由于记忆和过去的力量，发生了不同时间点之间更加不规则和深刻地融合。当他还在手术台上时，"安德烈公爵体验到好久没有体验到的幸福。他一生中最美好最幸福的时刻，特别是那遥远的童年，当时他被脱去衣服放到小床上，保姆在他旁边哼着催眠曲，他把头埋在枕头里，领略着生的幸福"（托尔斯泰，2007）[841]。这里体现了过去和现在的共时性，所有这些珍贵的时刻都回到了安德烈的记忆中，"此情此景在他的头脑里仿佛不是往事，而是现实"（托尔斯泰，2007）[841]。这记忆却激发了读者的阅读空间，为什么安德烈会在临死时候追忆起童年？事实上，在参加鲍罗金诺会战中，安德烈内心的矛盾已经达到了高潮。一方面，此次他走向战场，不是为了成名而是为了曾经受过屈辱的心灵复仇，他复仇的具体对象是诱拐了娜塔莎的情敌阿纳托利，而抽象的对象是入侵的法国士兵，他们入侵了俄国，洗劫了自己的家乡，其父因过度绝望而离去。这种复仇的心理变相地成为了一种爱国热情。另一方面，他又意识到战争的丑陋本质，"战争的目的是杀人，战争的手段是间谍、叛变、策反、居民破产、抢劫和盗窃居民（托尔斯泰，2007）[804]"……这一切，在战争的裹挟下，安德烈无法找到出路，他太痛苦了，无法下定决心，以至于他什么也不做，冒险去接受死亡。当他受伤了，躺在医院里，他想起了童年，记忆中保姆不求回报的爱，那种生命如初所带来的美好时光。这种生命的永恒美好与此刻所面临的死亡进行着对话，他还不能理解生与死之间的关系，无法在世俗追求与永恒的爱之间达成妥协。之后，在娜塔莎照顾下，他体验着人类的爱，但他越沉溺于爱的原则，就越摒弃尘世的生活和世俗的物质追求，"爱世间万物，爱一切人，永远为了爱而自我牺牲，那就是说不爱那个具体的人，不过尘世的生活"（托尔斯泰，2007）[1003]。

当安德烈继续在生与死之间摇摆时，他继续在精神上思考，他的思考让他不再害怕时间的终结或死亡。他明白,"爱是一切,而死就是我这个爱的因子回到万物永恒的起源"(托尔斯泰,2007)[1005]。在死亡的梦幻中,安德烈踏入永恒的世界,是存在于时间之外的空间,"使他得到安慰。但这只是一些思想"(托尔斯泰,2007)[1005]。安德烈在经历过一系列思考和实现了自己的死亡预言梦之后,才开始完全相信这些想法,并且去感受它们。安德烈在梦中,看见死亡以一种无法抗拒的力量,推着他的门,"他站起来推回,试图阻止死亡,但是他使出最后的力气也没有用,两扇门被无声地打开了。它走进来,它就是死神。于是安德烈公爵死了⋯⋯但就在安德烈公爵死去的一瞬间,他记起他在睡觉;也就在他死的那一瞬间,他挣扎着醒过来"(托尔斯泰,2007)[841]。在他死的那一瞬间,安德烈在梦境时间与物理时间之间来回对话,文本的意义被无限地拓展开来。在梦境时间的那一刻,他快死了;在物理时间里,他醒了。这两次的对话与碰撞,为安德烈提供了他最后的顿悟,感受到了生即是死、死既是生的哲理,"是的,这就是死亡!我死了,我也就醒了。是的,死亡是一种觉醒⋯⋯他的心灵豁然开朗了,那至今遮蔽着未知世界的帷幕在他心灵前面揭开了⋯⋯那天,安德烈公爵从睡梦中惊醒,也就是从人生中觉醒。他觉得,从人生中觉醒并不比从睡梦中惊醒来得慢"(托尔斯泰,2007)[1006]。

在安德烈的梦中,死神却扮演着唤醒主人公的角色。一个人临死前,从睡梦中醒来而获得新生。可见,死亡成为了他灵魂中的一个光明之源、一种解放、一种不再令人恐惧的东西。安德烈为自己无法活下去找出了理由:只有在死亡中,才能达到神圣的爱,包括对敌人的爱,而这种爱不能应用于"这尘世的生命",那么真理就是死亡。由此,他能够平静地接受自己的死亡。与其他四位主人公不同的是,安德烈无法从生活的逆转中获益,也无法通过它们,感受到对有限与无限、生与死相互融合的直觉意识。这种意识只能在无意识的情况下,通过被动地接受和参与来感受。然而,安德烈永远无法在一个决定下保持足够长的时间，经历一段时间的内心对抗之后，因受到野心的支配，他会用一个目标代替另一个目标，他并未改变自己在处理二元对立中的基本生活方式，往往在已有的世俗规则下执着于个人的得与失。

所以说，在"浮士德理性"的作用下，安德烈的生命只有在他愿意放弃他的个人存在，放弃他的物质追求，而重新加入永恒的理性本质时，才变得合理。这或许也是托尔斯泰安排安德烈死亡的原因之一。回顾安德烈的一生，在奥斯特里茨受伤后，"巍峨的天空"并没有让他精神振奋太久；皮埃尔的木筏谈话和会见娜塔莎虽然恢复了他对生活的兴趣，但为斯佩兰斯基工作，只是一种世俗上的政治抱负。舞会上的娜塔莎拯救了他的灵魂，但他父亲的身体状况却使他们的爱情消退，并把阿纳托利引了进来。在鲍罗金诺会战前夕，他做团长是另一个暂时的重生，但却在会战中冒险接受死亡。既理性又具有自尊心的安德烈，注定是一个追求一般道德原则的人，他更关心个人的条件，关心自己灵魂的永恒，而不是那种在有意识和无意识生活之间来回滑动的有感情的人。他的"我—我"对话，以记忆、梦想和临死前的精神错乱等形式，成为了小说意义再生机制的重要基础。

第三节
"我—他"：空间中的位移越界

在长篇小说《战争与和平》中，不同于安德烈，皮埃尔更多的是与不同的人物进行着自我与他者的对话。而对于"我—他"交际模式，如前文提到的，洛特曼认为，属于一种"外在交际"，着重于信息传递功能。信息从"我"转移到"他"，信息的位移发生在空间中。因此，对于这种交际模式，洛特曼更注重空间因素，也曾将皮埃尔之类的文学人物归结为"有道路的主人公"，即"相对于固定环境中的主人公，有道路的主人公处于不断的运动变化中，他们可以穿越现实的空间结构进入另一个迥然不同的空间结构中。带有原空间文化结构和文化记忆的主人公与新的空间碰撞、交流，产生新的文化记忆"（康澄，2006）[91]。事实上，在小说中，皮埃尔从上流社会的生活，到共济会、慈善事业、波罗底诺，到密谋暗杀拿破仑、被法国人囚禁，再到与娜塔莎幸福的家庭生活，以及未来的参加十二月党人运动，他不断地辗转于各种空间、各种意识之间。

在不同的空间中，皮埃尔带着自己曾有的价值观迈入新的思想和价值观之中。他穿越着思想的界限，在"我—他"的对话中，不仅仅实现"信息的传递"，更是在自我价值观上，持续从"中心"到"边缘"，再从"边缘"到"中心"的跨界中。在原有的价值观念与新价值观的碰撞、交流中，主人公自身的思想不断发生变化，被赋予了新的风貌。

值得一提的是，与安德烈的"浮士德"式的"纯粹理性（Vernunft）"不同，皮埃尔更多的是"悟性（Verstand）"，前者是"我们用来组织或系统化外部事件或物体的思想"（Fink，1991）[105]；后者是"一种直觉性理解，通过它我们可以洞察现实本质"（Fink，1991）[105]。与安德烈不同，具有"直觉性理性"的皮埃尔用心灵去思考，用意识中固有的理性去思考。通过这种"悟性"，人们可以悟出形而上学层面上的"真理"。在托尔斯泰笔下，皮埃尔既具有"直觉性理性"，又有想象力；既有直观的理性，又有强烈的情感；既有意识的表达，又有自然的感受。这使得他在每次矛盾中都能产生新的思想，从而使得他整个人生的精神轨迹是螺旋式上升的。

长篇小说《战争与和平》开始时，皮埃尔最初追求宏大、抽象的统一思想，自信地认为一切恶的问题都可以解决。基于这种信念，他认为，善是可以与恶分开的。他相信自己可以想出一个计划，能够击败人群之中出现的每个罪人，从而最终实现和平与和谐。当皮埃尔第一次出现在小说中时，在安娜·帕夫洛夫娜的晚会上，他莽撞地参与到为拿破仑的辩护中，急于表达他抽象的统一理想，赞扬他的英雄拿破仑在人类社会中的重要作用。那时的皮埃尔幼稚热情，年轻而又冲动，他不经过深思熟虑就脱口而出。可以说，此时的皮埃尔不愿意接受其他人都能看得出来的东西，拒绝与世俗人的想法保持一致。他只是沉浸在遥远的理想里或人类生活的未来意义里，并不在乎身边的事物。

不久之后，皮埃尔继承了爵位和财富，娶了海伦。随后，他却被陶洛霍夫戴绿帽，他提出与之决斗，最后导致了一场滑稽的婚姻。这一连串的遭遇，使得皮埃尔的思想经历了第一次精神危机。他开始痛恨自己的生活，质疑生活的意义。然而，这反过来又引发了皮埃尔与共济会会员巴兹杰耶夫相遇，并且获得了第一次新生。巴兹杰耶夫那自我完善、内心注入真理之光的言辞，使得皮埃尔初次感受到了真理的存在，产生了新生的喜悦，出现了从追求政治的完美到思索个性完美的转变，即从支持拿破仑到加入共济会。经过了无趣而复杂的入会程序，皮埃尔恪守共济会的"改造人类"的教条。他积极从事慈善事业，并做出了有些拙劣的尝试，释放自己的农奴并减轻他们的劳作。他还以"最幸福的心态"拜访了在博古恰罗沃的安德烈，极力反对他朋友的自我埋没，劝说其为推进人类的乌托邦计划而做善事。

然而，皮埃尔的第一次新生之后又经历了精神上的坎坷，甚至夹杂着某种精神上的"死亡"。这主要是由于安德烈与娜塔莎的订婚，"安德烈公爵同娜塔莎订婚后，皮埃尔突然觉得他不能再像以前那样生活了。尽管他坚信恩师向他启示的真理，尽管他开头曾热衷于修心养性，在安德烈公爵同娜塔莎订婚和巴兹杰耶夫去世（这两个消息皮埃尔几乎是同时听到的）后，原来那种生活对他的魅力顿时消失了"（托尔斯泰，2007)[559]。娜塔莎的订婚迫使皮埃尔认清了这样一个事实：他所追求的快乐与宁静，可能与自我道德的提高无关，更可能与善恶无关。她的歌声曾表明，一个人可能会抢劫杀人，但同时也可能非常快乐。现在，娜塔莎想嫁给别人而不是自己，这就向皮埃尔表明，一个人也许会带着善良的意愿发光，但却可能因为牺牲自我的感情而极度不快乐。显然，对于这样的善良,应该存在着一个超越现实社会的、超越人类发明的道德行为标准的领域。

同时,皮埃尔也意识到共济会组织充满了梦想家和机会主义者,泛滥着虚伪。"他们滴血宣誓,愿为别人牺牲一切,却往往非常吝啬救济穷人"(托尔斯泰,2007)[553],他具有许多人特别是俄罗斯人所具有的可悲能力,看到并相信善和真确实是存在的,但同时对生活中的邪恶和虚伪又看得太清楚,因此无法认真地参与生活(托尔斯泰,2007)[560]。此时,皮埃尔对任何意志的努力,都失去了信心,尽管他试图去改变现实,可是生活总是毫无意义的。七年前雄心壮志的他认为,只要努力就会改变处境。他曾想实行共和,想做拿破仑。之后,他强烈地希望改造堕落的人类,并自我修身养性,成为一个完善的人。然而,七年后,他却成为了七年前他非常蔑视的宫廷侍从。可以说,随着时间的流逝,在与不同人物的对话中,皮埃尔进行着一个从改造世界的理想主义者,到自我完善者,再到放弃对个人完美追求的人生历程。

之后,皮埃尔出走,在鲍罗金诺参军中又受到了战争的洗礼,更是在一定程度上接触到了形而上学的"真理"。皮埃尔首先观察了鲍罗金诺战役前莫扎伊斯克的战争氛围。战场上交织着欢快与活力还有对痛苦和死亡的恐惧,皮埃尔同战场上的医生交谈,提出了他的疑惑,"他们说不定明天就会死去,除了死,他们何必再考虑别的事呢"(托尔斯泰,2007)[778]?突然间,他又生动地想到莫扎伊斯克的山坡的情形,那里"载着伤员的大车、教堂的钟声、太阳的斜晖和骑兵的歌声。'骑兵去战斗,路上遇见伤员,可是他们根本没想到他们自己的前途,只向伤员挤挤眼走过去。他们中间有两万人注定要死,可是他们却对我的帽子发生兴趣!真怪!'皮埃尔想着。继续往塔塔利诺瓦前进"(托尔斯泰,2007)[778]。

皮埃尔发现了激发战士和农民的爱国主义精神,但这并非是莫扎伊斯克事件的意义。如果托尔斯泰只想在书中表达爱国主义,他就会让伤者为健康欢呼,就像在他早期的"塞瓦斯托波尔"系列短篇小说中那样,个人与祖国最初的身份关系生来就确定的,不存在争议。如果在这里仅仅是为了表达爱国主义,那么为什么士兵们似乎对自己即将死亡的事情漠不关心?即使他们接受了即将到来的战斗,为什么他们不表现出对即将到来的受伤甚至死亡的害怕?在战场上,皮埃尔加入了一个炮兵部队,在这个小集体里"有一种人人平等、亲如一家的活泼气氛"(托尔斯泰,2007)[822]。随着战争的进行,"还不到十点钟,已经有二十来个人从炮位上被抬走;两门炮被打坏,落在炮位上的炮弹越来越多,子弹嘘嘘地在远处呼啸。但炮位里的人都若无其事,四处一片欢乐的笑语声"(托尔斯泰,2007)[823]。皮埃尔发现,"炮弹越落越多,伤亡越来越大,但大家的情绪却越来越高。就像暴风雨临近那样,人人脸上越来越频繁、越来越明亮地焕发着潜藏的怒火,仿佛在对抗当前发生的事态"(托尔斯泰,2007)[823]。可以肯定的是,这些士兵感受到他们与侵略者战斗的正义感。但这里所描述的怒火不仅仅是爱国主义的反映,情形越可怕,人们对危险的反应就越强烈。就像弹簧一样,死亡威胁的暴风似乎把每个人的灵魂都化成火焰,危险越大,每个人越能感受到自己强烈的斗志。

皮埃尔在莫扎伊斯克下山时看到的那些人似乎还没有意识到死亡,但即将到来的危险以及他们对正义事业的确定性激发了他们的活力。因此,战争和苦难教会我们什么是真正的生命力量。在面临死亡以后,每个人才会明白他是多么热爱自己的生命,以及活着意味着什么。莫扎伊斯克战场上一系列的事件暗示了一个自相矛盾的事实,战争的不可理喻并不因为在面对真正的恐怖之中而减弱。在这里,生与死都是真实的,没有对生的了解,死是无法被充分欣赏的。只有面对逆境的人,才知道自己的力量和内心的真正意识。

正如纳西姆·尼古拉斯·塔勒布(Nassim Nicholas Taleb)在《反脆弱:从不确定性中获益》中提到的,"我们往往认为脆弱的对立面是坚强或者坚固，而忘记了脆弱还有另外一面，那就是反脆弱；我们往往认为脆弱意味着风险和损失，而坚强意味着安全，但反脆弱恰恰意味能从风险中获益"（塔勒布，2001）[144]。也就是说，事物并非矛盾对立，非此即彼的，世界也存在混乱和随机。这也是为什么皮埃尔在莫扎伊斯克的客店里梦到的："如果没有痛苦，人就不知道自己的局限性，最困难的是，能够在自己心中综合一切事物的意义"（托尔斯泰，2007）[869]。由此，皮埃尔明白了简单的道理，苦难带来了新的认识，最终也带来了个人意识的提升。

　　皮埃尔之后在战俘营里，又遇到了自己生命中的第二个重要人物，即普拉东·卡拉塔耶夫。在其影响下，皮埃尔又一次获得了精神的洗礼。按照一般的文学标准，性格固定且单一的普拉东，似乎是托尔斯泰不太成功的人物塑造。但是，这一人物成功地将托尔斯泰的思想具象化，他的第一句话，就让皮埃尔能够理解生活中的相互矛盾的现象，能够理解好与坏的交织，"别担心，朋友，受苦一时，活命一世！就是这样，老弟！住在这里……不用受气。这里的人也有好有坏"（托尔斯泰，2007）[788]。卡拉塔耶夫向皮埃尔指出，每个人都是好与坏的混合体，我们不能忽视一个人既有优点又有缺点，因为没有绝对的好人，也没有绝对的坏人。我们自己也不都是好的。因此，我们应心甘情愿地、平和地生活着，不仅因为我们别无选择，而且因为我们想这样做，因为我们知道，是自然法则在这里掌握着权力。皮埃尔开始意识到，善恶不是绝对的，而每个人矛盾的性格，并不是厌世和绝望的理由，而是建立在对真理的希望之中，整个世界应该像石头一样被放下，像面包一样被举起来。于是在战俘营里，他开始抛弃以前抽象的困扰，像普拉东那样，带着热情和直率，四处忙碌着，不仅谋求自己的生存，还帮助他人谋求生存，并享受在这种情况下所能享受的一切，例如把一只三条腿的狗作为宠物。

　　事实上，普拉东以其"一切善良的、圆满东西的化身"使皮埃尔在战俘营里灵魂得自由,进而产生了一种顿悟,即超越世俗道德规则、体现形而上的真理。皮埃尔看到,卡拉塔耶夫的生命作为"个人生活他觉得毫无意义,只有作为他经常感觉到的整体的一部分才有意义"(托尔斯泰,2007)[994]。这里就是感觉到了整体,无疑是感受到了统领一切的真理存在。在万事万物中,人不过是沧海一粟,亦即小说中谈及的"点子",而生命的意义在于,是不是做到了真正意义上的"爱",柏拉图就不加区分地爱一切。"皮埃尔心目中的眷恋、友谊和爱情,普拉东是完全没有的,但他对周围的一切都充满爱心,特别是对人,不是对某一个人,而是对周围所有的人。他爱他的长毛狗,爱同伴,爱法国人,爱坐在他身旁的皮埃尔"(托尔斯泰,2007)[994]。在普拉东的影响下,皮埃尔不仅经历了一次身份认同,也经历了一次向"爱"的真理的靠近过程。他深刻地意识到,他曾在共济会、慈善事业、上流社会的悠闲生活和自我英雄的事迹,甚至与娜塔莎浪漫爱情的宁静满足,事实上都夹杂着物质性的自我,一个善恶分明的、自以为可以改造世界的自我。通过重重苦难之后,他终于融入了万物统一之中:"这一切都是我的,这一切都在我心中的,这一切就是我"(托尔斯泰,2007)[1039]!由此,皮埃尔的自我界限消失了,他不再从外部受制于另一个人,因为另一个人就在他心里。当普拉东死后,皮埃尔所做的一个梦,梦中地理老师为皮埃尔展示了一个地球仪,表面上有膨胀、收缩、汇合的水滴,地球仪给予了皮埃尔一个普遍互联性的具体体现,"他看到了自我和他人之间边界的流动性,并再次认识到,在这个充满活力的整体中,每一个存在都是整体中的一滴"(Kaufman,2011)。

一开始,长得高大而莽撞的皮埃尔,依照大自然所赋予的感觉行事。他自信地认为,善与恶是可以区分的,轻易就可以实现和谐统一。面对这种模糊的理想主义,托尔斯泰让皮埃尔走自己的路,在不同的年龄段,遇见不同的人物,经历了一次又一次的挫折,在"理想主义""自我完善""爱的追求"之间,进行着时空性越界,他发现了自己的灵魂边界，道德也渐渐成为可能。他接受善与恶的不可分割性，用自己的神秘方式拥抱生活，把完美留给形而上的真理。当然，皮埃尔的越界并未止步于此，其开放性的结尾，无不反映了托尔斯泰对"自然至善"运行的圆周复杂、无始无终、因果相关的实际体悟。

第四节
"战争"与"和平"：经纬交织的异质性

曾有研究者借助洛特曼的文本空间模拟理论，通过分析小说中对应、重复和交替等各种空间叙事手法，强调了小说的空间性，从而深入揭示了长篇小说《战争与和平》经纬交织的空间结构，即"作者对历史的涵盖构成了整部作品的结构纬线……小说人物及其命运成了穿插于作品内在结构的经脉"（朱婷婷，2013a）。事实上，若是从主人公们漫长的精神探索历程来看，在历史事件的时间维度上，主人公自我内心与外在他人的冲突、自我内心与自我矛盾的心灵对话不断展开。小说在呈现"战争"与"和平"交织的历史生活时，实际上在更深层次上，反映出了人类社会发展的生命周期。小说展示了我们从青年到老年可能做、想、感受的一切，从9岁的彼嘉吹嘘他会杀死这么多的法国人，到年迈的老尼古拉让他的床每晚换一个地方。每一个主人公的年龄，似乎都是托尔斯泰有意让读者意识到的。他故意将年龄和愿望、行为、理想之间对称，似乎人们在每个年龄段都能开出不一样的"花"；生活仍然漫不经心地进行着，记录着成长，记录着挫败……就像娜塔莎与安德烈订婚那天那样。在吻了安德烈之后，娜塔莎想："难道这是真的吗？难道从今以后我真的不能把生活当儿戏了吗？现在我已经长大了，就得对自己的一言一行负责吗"（托尔斯泰，2007）[499]？即使是为了这种想法，她也必须走出心理时间进入时间顺序，她惊讶地意识到她不能再与鲍里斯调情了，更不能在舞会上"爱每个人"，纵容自己的情绪和幻想。因此，在这纬线上，充斥着人物在道德基础上形成的心理时间与物理时间的冲突，每个人物不同年龄段之间也形成了差异，实现着一种时间维度上的对话。

另外，随着纬线的时间延续，在经线的空间上，主人公都有意或无意地同时进行着救赎式的精神探索，他们的故事既可以单独拎出来，又可以相互呼应、相互接触、交织和影响，特别是在每一个转折点上，都出现了丰富的类比和对比。事实上，小说的标题"战争"与"和平"，除了字面上分别所表示的俄罗斯民族抗击法国入侵的战争与非军事活动时期的生活，也体现了小说里每个生命的历程与精神朝圣密切相关的隐喻，即分别表示对立的价值观，以及那些价值观所产生的灵魂状态。一些价值观在人物的灵魂中造成冲突和混乱，而另一些价值观最终会导致精神上的和平。显然，一方面，每个人物在时间纬线上进行着自我完善的精神历程，不同年龄段之间进行的"战争"与"和平"，从一个精神观念取代另一个观念的运动过程，这体现了一种异质性且形成了意义的再生。另一方面，在空间经线上，不同人物活动的现实场景与精神世界之间，也存在着不同的呼应交替模式，特别是在转折点上。所以，在这个动态的文本空间中，人们在"自爱"与对"他人爱"中进行权衡，在"追求完美"过程中，不断向统领整个世界的"爱"的自然法则靠近。

这里可以以尼古拉、娜塔莎和玛丽雅的生活史对照为例。对于尼古拉与娜塔莎而言，最值得一提的是，第二卷第四部出现的狩猎和过圣诞节的现实场景，也是非战争的和平生活。然而，由于托尔斯泰充分描绘了生机盎然的大自然环境，其中流露出对大地的崇拜，也是对生命力的崇拜，这就使得生活场景背后的精神场景也显现出来了。正如有学者论述的"因为大地孕育了万物，万物生长繁衍无不靠着大地。这样在托尔斯泰的笔下，那些心灵美好的人，善于反思自己生活的有智慧的人，都是一些生命力旺盛的人，也是些紧紧依靠大地的人……因为托尔斯泰相信'自然至善'"（张中锋，2015）[45]。这里的"自然至善"，托尔斯泰曾在1847年4月17日的日记里进行了分析，"人生的目的是尽可能促使一切存在着的东西得到全面的发展。当我从自然界的角度来谈的时候，我看到自然界的一切都在不停地发展，它的每一个组成部分在无意识地促进其他组成部分繁荣发展。人类既然也是自然界的一个组成部分，而且是富有意识的一个组成部分，那么同样应该向其他组成部分那样，不过是有意识地利用自己的精神天赋，努力使一切存在着的东西得到发展"（托尔斯泰，2010a）[5-6]。由此，这里表达了人能够得到全面发展的"自然至善"精神，无疑是在与大地紧紧相连的狩猎活动中得到全面的体现。就是在这同样精神的感染下，在这个关键的转折点上，从精神层面上看，尼古拉从此之后走向从"战争"转向"和平"的一种全新价值观，而娜塔莎却从幸福纯真的状态走向精神堕落。二者相反的人生轨迹，正是"自然至善"不同表现的对照与碰撞，无疑将唤起了读者的思考，从而实现了文本意义的再生。

在尼古拉的例子中，由于他性格单纯，他的转变模式可能是最清晰的。尼古拉从"战争"走向"和平"，经历了从士兵到模范农夫、丈夫和父亲的转变，即从早期的浪漫主义和幼稚的自我中心主义，逐渐被赋予了自然精神以及温柔和忠诚的美德。尽管小说第一卷中的不同情节清楚地为尼古拉从战争价值观向和平价值观的转变做好了准备，但实际上决定性的时刻是发生在第二卷狩猎和圣诞节游戏的场景中。狩猎让尼古拉第一次发现了一个充满生机而自由的大地，而圣诞节的游戏让他第一次决心结婚，转向对美好爱情的追求。正如托尔斯泰在第三卷里总结的那样，"奥特拉德诺耶的秋天和打猎、冬天和圣诞节以及同宋尼雅的爱情，在他面前展开一幅快乐而宁静的庄园生活的图画。这种生活他以前没有体会过，现在却很使他神往"（托尔斯泰，2007）[673]。

在狩猎章节里，托尔斯泰运用了一系列的意象，体现了一种身体解放的象征意义。之前，尼古拉已经习惯了军队日常事务里的限制、军规所带来的狭小而不变的生活圈子，从中感受到了安全和满足感。然而，当尼古拉无意中闯入大自然的自由世界时，真切地领悟到之前的生活圈子已然是一种束缚。在第三章节的开头，托尔斯泰塑造了他在猎狼日觉醒的场景，"十五日早晨，尼古拉少爷穿着睡袍往窗外望了一眼，发现那是再好不过的打猎天气：天气仿佛融化了向地面下沉，也没有风。空中只有烟尘和蒙蒙细雾在悄悄下降。花园秃枝上悬挂着晶莹的水珠，滴在刚刚掉落的树叶上。菜园里的土地像罂粟一样乌黑发亮，在不远处就同潮湿的雾气融成一片。尼古拉走在泥泞的台阶上"（托尔斯泰，2007）[514]……这一系列的动作：透过窗户看、薄雾下的天地交融、水珠从室内到室外的移动，都反映了身处自然的尼古拉，他的灵魂深处进行着扩张、成熟与解放。

对尼古拉来说，狩猎是一种"新的追求"，他像一个热情的年轻运动员，将所有"激情"投入其中，"看到这样好的打猎天气、这样好的狗和猎人，他立刻就产生了一种不可克制的打猎欲望，好像一个热恋中的人见到情人，立刻就把原先的打算忘记得一干二净"（托尔斯泰，2007）[515]。狩猎的成功与否似乎并不重要，事实上，尽管他不仅抓不到狼，甚至连一只狐狸和一只野兔都抓不到，但他的气馁几乎消失了；随后他度过了一个愉快的夜晚，在那里他和妹妹娜塔莎一起度过了欢乐的时光，并被叔叔美妙而自然的歌声所感染。对尼古拉来说，最重要的事情，甚至从他狩猎的经历开始，就是体力活动、拥抱自然以及与生活在土地附近的人们和谐相处，狩猎可以使他与大自然发生亲密的接触。

关于身体解放的象征意义也出现在以后的每一章中，为尼古拉的第二阶段的发展，即他决定与宋尼雅结婚提供了一个过渡。第二卷第四部圣诞节的化妆出游的欢乐气氛"从一个人传到另一个人身上，越来越强烈。大家来到寒风凛冽的户外，交谈着，呼喊着，笑着，叫着，分坐到雪橇上，这时欢乐达到了顶点"（托尔斯泰，2007）[547]。下一章尼古拉与宋尼雅的浪漫邂逅的关键场景，融合了出游和狩猎场景的自由欢快元素，将身体解放的象征意义推到了高潮。在梅留科夫夫人家玩圣诞算命游戏时，尼古拉与躲在谷仓的宋尼雅碰面，伴随着永恒的青春与快乐，以及他们相互爱的宣言，尼古拉打定主意把团里的事安排好，就退伍回来同宋尼雅结婚。

可以说，到了第二卷第四部的结尾，尼古拉的整个人生都达到了决定性的转折点，起到了"战争"与"和平"交替的主要作用。而尼古拉之后的故事基本都是关于他对狩猎的"热情"和他决定退伍结婚的影响叙述。虽然此时他把打猎作为摆脱他厌恶的遗产管理的一种方式，但是在小说的结尾，他将这些活动和谐地结合在一起。尽管现在他相信自己要娶的是宋尼雅，但在他的灵魂里，一场思想变革悄然发生。在结尾，他实际上娶了玛丽雅，在她身上，他"每天都在她身上发现新的心灵美"（托尔斯泰，2007）[1168]，且为他打开了一个全新而高尚的道德世界，并教会他如何缓和他特有的骄傲和愤怒，成为一个充满爱和幸福的家庭主人。

同样是狩猎和在远房叔叔家的场景，娜塔莎也在其中感受到了幸福，感受到了人与自然的天人合一以及心灵的宁静与和谐。但此后娜塔莎却与花花公子阿纳托利私奔，而不惜身败名裂，从幸福纯真的状态走向堕落，从天人合一的美好状态走向以自我为中心，走向了与尼古拉相反的，从"和平"走向"战争"的过程。

起初，娜塔莎生机勃勃的天性充满了魅力，托尔斯泰曾把其清新风格与海伦相比较，"她那裸露的脖子和手臂很瘦小，同海伦的肩膀相比要难看得多。她肩膀瘦削，胸部尚未充分发育，双臂很细；而海伦的身子则仿佛被几百双眼睛爱抚得光滑闪亮，可娜塔莎还是初次袒胸露臂，看上去还是个小女孩，要不是人家说服她这样穿戴不可，她会非常害臊的"（托尔斯泰，2007）[479]。这里以海伦的放荡庸俗，更显出娜塔莎的清纯脱俗，富有自然之美。尽管娜塔莎也经历了与鲍里斯相爱，拒绝了杰尼索夫的求婚，16岁初次参加盛大舞会……但这些经历是非常自然的，虽然从长远来看，它们会对她的成长有所影响，但此时还没有彻底改变她。正如她母亲在第二卷第四部所说，"现在正是她做姑娘的最后日子"（托尔斯泰，2007）[512]，此时她仍处于"和平"状态。而之后的狩猎以及在大叔家过夜，更是将她自然美好的状态推向极致。

在狩猎中，娜塔莎的表现也很出色，她那骑马奔跑的矫健姿态，让其中有位猎人称赞道："伯爵小姐相貌出众又爱打猎，活像狄安娜。"（托尔斯泰，2007）[526] 之后她在远方大叔家伴着琴声而舞的情景，以及温馨和谐的家庭氛围，将狩猎的欢乐场面推向了高潮。她那轻盈的舞姿、欢快的表情，很快就把在场的人所征服了，众人啧啧称赞："娜塔莎跳舞的动作非常准确，丝毫不差……她一直望着这位苗条、文雅、穿着绸缎丝绒衣裳、颇有教养的伯爵小姐，觉得完全成了另一个人，钦佩她竟能领会她阿尼西雅、她的父母和姑妈以及凡是俄国人身上所具有的俄罗斯风味"（托尔斯泰，2007）[535]。精灵般的娜塔莎，诠释了"自然至善"中的欢乐、健康与和谐以及充满生机的精神内涵。

然而，舞蹈一结束，娜塔莎却在一瞬陷入了对未婚夫的思念，她带着不经意的讽刺自问："'眼下他在哪里？'……但这种情绪只持续了一秒钟。'别想，别去想他。'娜塔莎自言自语，笑眯眯地又坐到大叔旁边，要求他再弹一支曲子"（托尔斯泰，2007）[535]。这其中的思念不仅仅是对未婚夫的相思，而且还夹杂着对未来生活的恐惧和焦躁，以及随之而来的精神空虚，这也是为什么当他们从叔叔家骑马回家的时候，娜塔莎会预言性地对尼古拉说道："我知道，我再也不会像现在这样幸福这样平静了"（托尔斯泰，2007）[537]。

在接下来的章节中，当她想到安德烈的缺席时，她的心情开始变暗，她的灵魂被悲伤和混乱所侵蚀。当尼古拉的思想越来越转向婚姻和家庭幸福的理想时，娜塔莎开始觉得，对于她自己来说，这样的理想是不可能实现的。随着圣诞节的到来，她的孤独、烦躁、无聊、沮丧和全身不适，变得越来越难以忍受。"在未婚夫走后第四个月末尾，她开始感到愁闷,但又无法摆脱。她可怜自己,白白虚度年华,而这正是她最能爱人和被爱的大好年华"(托尔斯泰,2007)[539],之后,化妆队伍的出现,迷人的雪中骑行以及梅留科夫家的游戏,只是短暂地唤醒了娜塔莎的自然美好。当宋尼雅声称看到了安德烈"躺下"的死亡预测的景象时,她充满了恐惧;与安德烈分离的时间越来越长,她变得更加焦虑和不耐烦,"她想到这样的大好时光本可以同他共叙儿女之情,如今却白白浪费掉,心里感到格外难受"(托尔斯泰,2007)[558]。因此,当阿纳托利·库拉金进入她的生活时,到第二卷的结尾,她已经彻底背叛了与安德烈的誓言。从"和平"到"战争"的运动轨迹已经在她的灵魂中发生了,并且在现实中导致了几乎灾难性的后果。

从狩猎这一关键情节展开的娜塔莎与尼古拉相反的人生轨迹可以看出,托尔斯泰并未完全地相信现实世界存在绝对的"自然至善",因为其本身也有深刻性和复杂性;同时,每个人对"自然至善"的体悟能力也有所不同。通过追求人与自然的天人合一,从而获得精神信仰和情感寄托,这使得尼古拉醒悟,希望自己逐渐走向对美好家庭的渴望。然而,这无疑又是压抑个体的,娜塔莎飞蛾扑火般地爱上一个花花公子而弃婚约的行为,是受到情欲和虚荣的影响,也是一种释放自我的表现。而个性一旦得到张扬,在走向"自然至善"的道路上无疑又走了弯路。此时,托尔斯泰关于"自然至善"信仰有所疑问,为此作家融入了"爱"的永恒真理,宣扬无私的爱能使共同体得以维持,在娜塔莎婚变后受到极大的打击之后,正是凭借着不断地"爱"的祷告而逐渐恢复。

娜塔莎在第二卷第五部中几近崩溃之后,小说的后半部分描绘了她的恢复——从"战争"回到"和平"的运动。在这过程中,她在道德上得到了发展,以真诚的忏悔回归信仰,且受到玛丽雅的影响,她通过发现爱、谦逊和自我牺牲等美德,实现了自我的超越。她对人充满热情的爱和怜悯,她决定牺牲家庭财产以帮助伤员从莫斯科撤离。娜塔莎最终理解了玛丽雅从一开始就崇尚的价值观,一种充满"爱"的情感价值观。

当然，这里并非就是托尔斯泰从"自然至善"的信仰转向对"爱"的信仰，这里的"爱"的真理更多的是一种"道德上的自我完善"，是通过宣扬无私的爱来抑制个体，有压制个体的弊端。托尔斯泰对伦理道德的"爱"的绝对真理，是再次持怀疑态度的。小说下半部分中出现了玛丽雅与娜塔莎相反的人生轨迹，正如小说前半部分中，娜塔莎与尼古拉相反一样。具体地说，当小说下半部分娜塔莎慢慢走向心灵的"和平"的同时，玛丽雅则开始了对爱情和家庭婚姻观念的"战争"。

这场冲突的一个标志是她最初对娜塔莎产生的敌意。安德烈的未婚妻娜塔莎接近他们家族时，玛丽雅就对娜塔莎的美丽、年轻和幸福不由自主地产生了嫉妒，这源于她对爱情和婚姻的渴望，虽然她曾千方百计试图抑制这种渴望。在小说的开头，她全神贯注于信仰，似乎单单信仰就足够了。例如，当她回复朋友裘丽的来信时，她提到，"我们要是不能从传统信仰上得到慰藉，人生将是多么悲惨哪……我只觉得……对亲人的爱，对敌人的爱，比对小伙子美丽的眼睛在您这样诗意盎然的多情少女的心中引起的感情更加可贵，更加快乐，更加美好"（托尔斯泰，2007）[97]。但当我们继续读下去，更能看出玛丽雅总是试图借助传统信仰将她的处境合理化。她对传统信仰的情感固然是真实的，但这种绝对的坚守信仰又导致了她的自然欲望受到了压抑，她越是无法实现对世俗爱情和家庭幸福的向往，就越依赖于传统信仰，以此来压抑自己的自然情感和欲望。

在玛丽雅内心，对传统信仰的情感与"世俗爱情"的梦想之间斗争的根源在于其父亲。老公爵保尔科斯基脾气暴躁还有自私的占有欲，他把玛丽雅和他的全家都置于狂热而严格的纪律之下，并宣扬"人类的罪恶的根源只有两种：懒惰与迷信；美德也只有两种：勤劳与智慧"（托尔斯泰，2007）[92]。在老公爵严厉的管制下，一方面，玛丽雅对爱情和婚姻所产生的自然欲望日益强烈；另一方面，玛丽雅心中又有一种深深的内疚感,她若要承认这种欲望的存在,又将是对父亲的蔑视。于是,在老公爵面前,她试图表现自己在坚持传统信仰,而并非自己的自然欲望。无论老公爵怎样虐待她,她都拒绝承认父亲给她带来的痛苦。相反,她为自己的处境辩解,借助传统信仰中"爱与自我牺牲"的信条,来接受专为父亲和侄子服务的孤独生活。

直到小说第三卷的第二部里,当老公爵第一次中风时,玛丽雅灵魂的冲突达到了高潮。她对父亲残酷地扼杀她自然生活的所有怨恨,此时迫使她常想象父亲死亡的画面,"她常常注意他,不是希望看到他好转的征象,而是愿意看到他接近末日的征候……玛丽雅公爵小姐觉得尤其可怕的是,自从父亲得病以来……长期潜伏在心中和被忘却的个人心愿和希望在她身上觉醒了。多少年没有进入她头脑的念头——再也不怕父亲而自由自在地生活,甚至享受爱情自由和家庭幸福——像魔鬼的诱惑一样在她脑子里作祟"(托尔斯泰,2007)[742],这种"魔鬼般的诱惑"又使她充满了恐惧和自我厌恶。在老公爵的葬礼结束后,她怀着深深的内疚心情,回忆他临终时自己的行为,想起他躺在棺材里时脸上的表情,她从房间里跑了出来,歇斯底里地发出尖叫声。

可以说,到小说第三卷第二部第十二章的结尾,玛丽雅的故事第一阶段已经完成。紧接着第十三章开始,则逐渐走向了"和平"的运动。在这一章中,当玛丽雅的精神状态和命运达到最低点时,尼古拉在一次觅食探险中,来到她所在的保古察罗伏家中,把她从固执的农奴们所带来的麻烦中解救出来,帮助她离开,并且一眼就爱上了她。在爱情的滋润下,玛丽雅变得漂亮了,"自从看见这张亲切可爱的脸以来……她的一言一行都摆脱了她的意志。尼古拉一进来,她的脸顿时变了样。好像一个精雕细描的灯笼,原先显得粗糙、黑暗和没有意义,一旦点亮,就成为一件美丽动人的艺术品,玛丽雅公爵小姐的脸就突然发生了这样的变化"(托尔斯泰,2007)[972]。这种变化无疑受到了尼古拉真性情的影响。此后,玛丽雅和娜塔莎在照顾从伤重到不治而亡的安德烈的几天里，两人也达成了"和解"，"娜塔莎以前不理解那种温顺虔诚的生活，不欣赏作为传统信仰的虔诚者的自我牺牲的诗意，现在她十分依恋玛丽雅公爵小姐，爱她的过去，懂得了以前不懂的另一面生活……至于玛丽雅公爵小姐，她听了娜塔莎讲她童年和少女时候的事，也发现了她以前不理解的另一面的生活，发现了生活的信念，懂得了生活的乐趣"（托尔斯泰，2007）[1101]。这里玛丽雅所代表的传统信仰的情感里的"爱与虔诚"同娜塔莎的"自然美"相互碰撞产生对话，并彼此相互影响，娜塔莎在自己的灵魂里注入了"爱"的传统信仰观念，而玛丽雅也试图回归到真实的自然生活中去，过着真性情的自由生活，变成由内而外的美丽女人。

可见，托尔斯泰对"自然至善"复杂性的不断探索，使得文本体现了活跃的不匀质性；"自然至善"本身的多语性，它与"爱"的信仰在不同层面上有所不同，甚至不同人物的"自然至善"所表现出来的心理活动都因处于不同阶段而产生不同层次上的相互碰撞，因此，整个文本空间处于持续发展、对话的状态，到处回荡和跳动着不同的发展韵律。

《战争与和平》之所以成为一部经典作品，不仅是因为它描绘了历史发展中的一个时代，再现了俄罗斯民族抗击法国拿破仑入侵的战争，更因为托尔斯泰对小说中"人与自然"统一问题的苦苦探索。托尔斯泰在小说中，创作了一个"有生命的机体"，一个永恒的艺术世界，其文本空间是动态、发展、对话的，超越了当时的历史现实，成为一部值得反复阅读的经典巨作。有学者曾这样评价，"无论我们选择哪一种观点，我们仍然可以看到小说在我们的脑海中成长和崛起，就像一个巨大的有机体……我们可以看到它是如何像一棵树一样向上和向外传播的，吸引和滋养着越来越现实的方面：物体、时间、空间、人类思想和构成文明的思想大厦"（Silbajoris，1995）……

第三章

"爱"的同一:《安娜·卡列尼娜》的网状叙事机制

文学通常被视为是通过语言文字对社会生活的形象反映,尤其是现实主义作家的创作更是如此。不同于历史性的长篇巨作《战争与和平》,托尔斯泰在19世纪70年代创作的长篇小说《安娜·卡列尼娜》则更具有批判性,它一直被誉为是揭露与批判19世纪俄罗斯上流社会生活的一部力作,列宁曾不止一次赞誉托尔斯泰的创作是"俄国革命的镜子"(中央马列编译局,1995)[241],具有"最清醒的现实主义"(中央马列编译局,1995)[242]。显然,这部小说通过主人公安娜的悲剧,把批判的笔触指向了当时俄罗斯社会的典型环境,即历史的现实。然而,我们又不难发现,安娜以其性格的对话性与复杂性打动着不同时代的读者,不同的读者又可以对小说的意义不断做出新的阐释。也正是从这个意义上来说,《安娜·卡列尼娜》无疑既是对社会现实的反映,却比小说《战争与和平》更具有对历史现实的超越性,其文本的意义再生也与其超越历史现实性密切相关。这显然与托尔斯泰本人的精神探索是相关的。因此,若从思想探索的维度对长篇小说《安娜·卡列尼娜》进行解读,将更能够揭示该文本的意义再生机制。

在创作长篇小说《战争与和平》的时期,托尔斯泰认为"绝对真理"是"外在的",他把与"绝对真理"同一的理想等同于实现"自然至善"。19世纪70年代,经历了精神危机的托尔斯泰在创作长篇小说《安娜·卡列尼娜》时,开始将"绝对真理"内在化。正如吴泽霖教授总结的那样,"如果说,在《战争与和平》中,恢宏的天道还是完全外在于人,只是偶或间给无可作为的人们以一线宿命般的天启……那么在《安娜·卡列尼娜》中,已经开始了从'天在外'向'天在内'的转变。对于不是执迷于理性的人,天的启示便显现在人的心中"(吴泽霖,2000)[60]。

在小说《安娜·卡列尼娜》的创作时期,托尔斯泰经历了更为复杂的思想探索和精神转变。他深受传统信仰中救世意识的影响,努力寻求着拯救自身和社会的救世良方。小说以"安娜与沃伦斯基"和"列文与吉蒂"为代表的两条线索，在历史现实意义的层面上，反映着在19世纪下半期的俄罗斯社会中，日益侵入的资本主义生活方式和传统的地主庄园式生活之间的矛盾。主人公们都不同程度地表现出了对道德虚伪且充满罪恶的现实世界的反抗，继而试图寻求自我，走向个人精神世界的探索。在小说《安娜·卡列尼娜》中，托尔斯泰把"绝对真理"理解为"爱与至善"，所以安娜与"绝对真理"的同一，就是与"爱"的同一。在具体情节里，因"爱"的含义本身的异质性，加上安娜自我性格的异质性，二者同一的道路是极其复杂的。安娜性格的复杂性及其导致的情感冲突，盖过了列文与吉蒂的这条爱情线，她与沃伦斯基的爱情线则成为了最主要的情节线索，使得小说在艺术形式上形成了既对话又同一的独特叙事结构。本章将试图从对话与同一、自我与他人、罪恶与救赎三个方面，深入探讨主人公安娜是如何在复杂的情感纠葛中实现"越界"，走向"爱"的真理同一的，进而试着发掘小说独特的意义再生机制。这种艺术独特的文本构造其实是由二元对立走向融合同一的网状结构。可以说，在这张艺术的网状结构中，"对话与同一"是"纲"，"罪恶与救赎"就是"目"，"自我与他人"是"目"与"目"之间的连接扣。也正是这个走向"同一"的网状艺术结构，超越了历史的现实，为读者提供了无限广阔的可阐释空间。

第一节
对话与同一：走向真理

著名文艺理论家、批评家巴赫金在提及陀思妥耶夫斯基小说创作的"复调"特征时，曾经将托尔斯泰小说创作归结为"独白型"。其实，只要是伟大的作家，其创作就不可能仅仅是独白。托尔斯泰创作之所以呈现出独白的特征，也许就在于对话最终走向"同一"，走向"爱"的真理的"同一"，也是《安娜·卡列尼娜》明显的艺术结构特征，其主要推手就是托尔斯泰的思想精神探索。

翻开长篇小说《安娜·卡列尼娜》，主人公安娜在走向"爱"的真理的"同一"道路上，由于"爱"的异质性，不得不陷入母爱与爱情的对峙旋涡中。洛特曼曾指出，"符号圈的不匀质性，是指符号圈中充斥着各种性质迥异的符号，它们处于不同的水平上，这使得整个符号圈从内在组织上说是不匀质的"（康澄，2006）[39]。正是由于"爱"的多相性，安娜经历了真实的心理变化和内心冲突，即自由渴望与传统道德之间的多次对话。主人公安娜在"个性"的自我与传统伦理身份（"妻子""母亲"）之间徘徊，在"中心"与"边缘"之间来回穿越界限。当然，托尔斯泰并没有让这两种不同爱的形态在安娜身上毫无结果地冲突着，最终依然回归到"博爱"之中，走上了与"爱"同一之路。

托尔斯泰在创作《安娜·卡列尼娜》初期，准备要描绘一个不贞的已婚贵族妇女的形象，但最后却塑造了一个渴望自由、追求新生，闪耀着独特人格魅力的安娜。沃伦斯基初见安娜时，就感到"她脸上有一股被压抑着的生气……仿佛她身上洋溢着过剩的青春"（托尔斯泰，2007）[77]……还是吉蒂觉得"她的内心里另有一个感情丰富而又诗意盎然的超凡脱俗的世界"（托尔斯泰，2007）[89]，安娜的这种"生气""超凡"造就了安娜丰富的精神世界，最终也化为了她摆脱外在压抑的现实世界，追求自由和幸福的内在动力。

当然，托尔斯泰的思想探索不允许主人公安娜不受约束地去追求个人的幸福，安娜的行为始终受到传统伦理道德的约束。沃伦斯基出现在安娜前往莫斯科的火车上时，安娜就感到这"正是她内心所渴望而她的理智所害怕的"（托尔斯泰，2011a）[125]。卡列宁提醒她注意与沃伦斯基的言行却无疾而终时，"她的心就荡漾起来，就充满一种罪恶的喜悦……她觉得简直可以在黑暗中看见自己眼睛的光芒"（托尔斯泰，2011a）[178]。这些都是安娜渴望幸福与道德约束之间的生死博弈。

可以说，安娜的心理活动之所以被描写成了极为丰富的精神世界，并非仅仅是为了表达安娜对虚伪现世的挣脱,更重要的是,托尔斯泰在引导安娜走向理想的精神世界,以便实现与"爱"的同一。托尔斯泰"把道德从前门送出去,又把道德从后门请进来"(托尔斯泰,2011a)[30],这前后两个存在差异的"道德",就使得安娜的爱必然是矛盾的,甚至是悲剧的。然而,在与"爱"的同一的问题上,托尔斯泰并未持盲目乐观的态度,而是清醒地看到,这种理想在现实生活中很难实现,其中还存在着"爱"的无限性与人的有限性之间的矛盾、人行使自由权利和运用自由能力之间的不对称性、人自身的不确定性等问题。

托尔斯泰让安娜脱离那个虚伪、压抑人性的上流社会之后,并未让她沉浸在爱情的自由世界里,而是让她比别人更加受到"爱"的感召。托尔斯泰选择了母爱与爱情的两种形态,让幸福与痛苦交织在一起,也酿成了主人公安娜的悲剧。这里既有得到爱情的欢愉,也有失去儿子的痛苦;既有我行我素的情感追求,更有随之而来的内在痛楚,而这一切都是在不断走向"爱"的"同一"。这一真理让人要"爱他人",让人要真诚地去爱,这种交织的"爱"形成了安娜的悲情人生轨迹。这种"爱"的异质性也必然会引起读者的不同理解,甚至超越了安娜所处的社会历史环境。

安娜在准备告诉沃伦斯基自己怀孕之前,"想着自己的幸福与不幸,为什么这种事在别人……不算一回事,在她却那样痛苦呢"(托尔斯泰,2011a)[222],安娜之所以比别人感到痛苦,是因为安娜受到了要"爱他人"的精神召唤。她在追求自我的精神体验里,更能产生对"爱"的精神的思念,是从一个方面走向"爱"的同一。正如别尔嘉耶夫所说,"人的心灵在寻找最高的存在,它在向生命的根源复归……人在寻找最高存在时,同时也是在寻找自己"(张百春,2000)。也就是说,安娜越是在与沃伦斯基的爱情世界里感受到"痛苦"的幸福,"爱"就越会深入到安娜的灵魂里,安娜就越能体悟到"爱"的精神之存在。

另一方面,在精神体验中,"爱"的精神也会不自觉走向安娜。由于"爱"本身的复杂性,包括母爱与爱情之间的对立,使得本可以享受爱情的安娜,却不自觉地陷入这一对立的泥潭中。若是放弃儿子,则有违"母爱";若是放弃爱情,则有违"爱自己"的含义,对爱情的守护,也就是对自我生命力的维护。母爱与情爱的矛盾和冲突过程,恰恰是安娜与"爱"的真理复杂性互动的具体表现。

这种矛盾冲突几乎贯穿了小说始终。当卡列宁以夺走儿子为条件,才同意办离婚手续时,安娜断然拒绝了。这时母爱占了上风,迎合了"爱他人"的"爱"的内涵之一。然而,这一状态一直持续到安娜得了产褥热之后,决定与沃伦斯基出国,结果母爱与爱情第一次被割裂开来。而在"安娜出国"这点上,托尔斯泰却以几个字一笔带过。那么安娜为何下如此大的决心抛弃自己的儿子?在下定决心的时候,安娜又经历了怎样的心理活动?这一切似乎缺失了交代,却给读者留下了无尽的思考空间。然而,结合前后文,仅从沃伦斯基对安娜的爱看来,沃伦斯基对安娜的爱也并非完全儿戏,在母亲和兄长试图劝说时,沃伦斯基表现出极度的反感,他甚至说"这个女人对我来说比生命还要宝贵"(托尔斯泰,2011a)[219]。在知道安娜怀孕之后,他并没有推脱责任,而是更加迫切地想要结束这种虚伪的生活,让安娜离开丈夫与自己光明正大地在一起。这种真挚的爱情,虽因是婚外情而不能被传统道德观念接受,却也可以包括在"爱"的含义里。沃伦斯基在安娜得产褥热后的自杀之举,虽然含有因受到耻辱而承受不了的成分,但在安娜看来,"一个人为了他所爱的女人情愿毁灭自己,而且已经毁灭了自己,她没有他也不能活"(托尔斯泰,2011a)[485]……这种以生命为代价的"爱"的分量,在"爱"的真理面前,同样可以与"母爱"相抗衡。而在安娜心里,这种"爱"甚至超越了母爱,唯有与他真正结合,才能不负他沉重的爱意。这时爱情显然又战胜了母爱,安娜又更接近"爱的真诚"。无论是前者还是后者,均体现出主人公走向"爱"的精神历程。

然而,在母爱与爱情的天平上,托尔斯泰则更加倾向于前者。最后，当安娜回国后，不管卡列宁的拒绝，与儿子相见，这又达到了"爱他人"的精神境界。虽然她重新回到沃伦斯基身边，但狂热的母爱几乎使她丧失了理智，以致越发地将缺失的母爱移情到沃伦斯基身上，"其实他还是个孩子，完全掌握在我的手里。老实说，我可以任意摆布他"（托尔斯泰，2011a）[729]。安娜越是神经质地对待沃伦斯基，就越难被沃伦斯基所理解，甚至对于他来说成了一种负担，一种令人无法忍受的无理取闹。由此，母爱的变态与爱情的缺失导致了安娜精神的崩溃，最终导致了自杀。

在安娜身上，母爱与爱情时而对立，又时而融合，最终母爱扼杀了爱情，构成了小说二元对立又融合的意义再生机制。这种由外向内而编织的网状结构，中心点自然就是"爱"。在整部长篇小说中，母爱与爱情的对话是过程，而"爱"的"同一"是结果，这便是结构小说的"纲"。在托尔斯泰那里，没有永久的对立，只有在"爱"感召下的"同一"。虽然小说最终还是归结为"同一"，但是母爱与爱情的冲突过程和它们之间的碰撞对话，构成了既"对话"又"同一"的意义再生机制，为读者留下了自我判断的无限阐释空间。

第二节
自我与他者：融入共同

显然，托尔斯泰在小说《安娜·卡列尼娜》中为了达到走向与"爱"的同一的目的，以"对话"与"同一"的结构模式为"纲"，由外向内编织了一张独特的网状艺术结构。然而，在具体编织这张"独白型"网时，托尔斯泰又非常巧妙地通过自我与他人的对峙交融，来联系这张网中的一个个"目"，实现着人与"爱"合一的精神主张。正如上一章所提到的，"对话"可以说是文学文本意义再生机制的核心，对话的过程是文本艺术价值产生的过程，安娜在"爱"的不同形态上进行着

"自我"与"自我"的对话。托尔斯泰在塑造主人公安娜时,为了充分揭示安娜的性格特征,又把追求精神自由的安娜与周围现实社会的人联系起来,实现了"自我"与"他人"的对话。这也是小说《安娜·卡列尼娜》意义再生机制呈现出的又一"对话"特征。

托尔斯泰本人并非绝对理想化地看待个人自由世界,不相信个人世界有可能达到真理的力量。他曾在笔记中谈到笛卡尔以来强调个体意识的缺点,批评他们仅承认"个体的自我意识";他指出,"人既可以意识到自身是'一个人,一个个体',但也可以'非个体性地'意识到自身是整个世界"(吴泽霖,2000)[57]。由此,他不承认脱离总体生命的个体性,而是认为"只有把自己融于人群,走入'共同世界',生命才有意义,也才能理解生命的意义"(吴泽霖,2000)[57]。从这一思想出发,托尔斯泰在安娜周围,塑造了一群身上具有不同"爱"的色彩的代表人物:杜丽、奥勃朗斯基、卡列宁、吉蒂、莉迪亚等。

追求个人自由的安娜,置身于这一群体中,既表现出自我与他人的矛盾,又表现出一定程度上与他人的一致,这尤其清晰地反映在她和杜丽、卡列宁两人的关系之中。这种时而对立又时而融合的联系,就编织成了小说由一个中心以"对话"方式走向"同一"的网状结构。

小说一开场,安娜便站在杜丽的角度,竭力劝说杜丽,成功地解决了她的家庭纠纷。都具有"善"的两人,特别是都具有最淳朴的爱子之情的两个人,此时彼此坦诚相待,心灵融合在一起。之后,安娜回国后,杜丽去拜访安娜,此时两人在观念上已然发生了分歧,尤其在谈到以生儿育女的方式维持安娜与沃伦斯基的情人关系上,安娜为了避免将来孩子因父母的身份问题而蒙受耻辱,她宁愿选择不生,而这是杜丽所不能理解的。作为传统家庭妇女的形象,杜丽一直为他人做出牺牲,把繁衍后代视为女性的自然义务。而已具有自我独立意识的安娜则认为,她是有权利否定这一自然义务的。正如安娜所说:"我现在的处境同你不一样。你的问题是:你是不是希望不再有孩子;可我的问题是:我是不是希望有孩子。这是很大的差别"（托尔斯泰，2011a）[729]。此时，她们之间的分歧是显而易见的。

杜丽对家庭和孩子的责任和爱所形成的心灵归属感，与安娜表面风光实则内心痛苦矛盾的生活形成鲜明的对比，由此也表明了自我自由世界的局限性。追求自我自由一方面将安娜引向了"爱自己"，回归了真实的爱，从而拯救了自我；另一方面，因"爱自己"与"爱他人"的"爱"的含义相冲突，这使得安娜无法正常生活。最后，自我与他人的协调结果就只有离家出走，安娜以最终自杀的结局实现与"爱"的同一，这既是对自我生命尊严的维护，又是皈依真理、解决矛盾的唯一出路。

那么，在托尔斯泰笔下，像杜丽这样完全愿意牺牲自己而为他人付出，是否就可以走向"爱"的彼岸呢？在去拜访安娜的路上，托尔斯泰花了大量篇幅描写杜丽的回忆。她因为连续生育失去了自我，完全没有了享受生活的乐趣，她常感到自己人生充满无限苦涩。显然，忍让是靠压抑人的自然欲望为前提的。在杜丽身上，这种为了自然义务而做出的牺牲，是违反自然人性的，也是不爱自己的，同样是不被肯定的，有悖于"爱"的真理。

因此，在与"爱"的"同一"问题上，"爱他人"的杜丽同"爱自己"与"爱他人"并重而且最终放弃母爱的安娜，形成了鲜明的对比。这种参照与比较体现出了人与"爱"的"同一"问题的复杂性及其解决的迫切性，也促使读者融入进来，积极参与思考。安娜临死之前，想找杜丽寻求安慰，却无疾而终。这一情节与开头相呼应，由此在安娜与杜丽之间，便形成了有始有终的对立又融合的艺术形式。

也许在自我与他人的关系中，安娜与卡列宁的关系更能够体现出作家的思想探索及其创作艺术，这也是"爱自己"与"爱他人"之间的矛盾与融合。在遇到沃伦斯基后，安娜内心的自我意识得到激发，使得她越发憎恶卡列宁的虚伪。在赛马场上，卡列宁的喋喋不休令她讨厌和恼恨，她想到："我不爱说谎，我也不能容忍谎言，而他撒谎却是家常便饭"（托尔斯泰，2011a)[245]。然而，安娜并不知这是因为自己出轨，卡列宁备受煎熬所做出的反应，"她不了解卡列宁……正像一个受伤的孩子拼命以蹦蹦跳跳来减轻疼痛那样"（托尔斯泰，2011a)[245]。虽然安娜对卡列宁的宽大心存感激，但仍因为卡列宁压抑她的自我而极度厌恶他。两人的对立在安娜坦白之后的一次见面达到高潮。卡列宁为了保存自己的荣誉，以家长的威严要求安娜继续维持现状做好妻子，而安娜则是要求脱离婚姻追求自由。两个人的立场迥然不同，但均表现出"爱自己"的鲜明立场。

然而，两人之间的对立却在安娜得了产褥热处于死亡边缘的时候发生了逆转。安娜一反常态，认为卡列宁是别人都不能理解的好人，痛悔自己对不起丈夫，请求卡列宁的饶恕，这时在安娜身上的"爱他人"的一面占了上风。同样，卡列宁在未见到安娜之前，他本来渴望她会死，"他无法排除一个念头，就是只要她一死，就会立刻解除他的困境……他是多么希望她死啊"（托尔斯泰，2011a)[471]。但是当他真见到妻子时，面对追悔万分、请求宽恕的安娜，他心中产生了一种向善的精神力量，他饶恕了不贞的妻子。一种爱和饶恕敌人的喜悦感情充溢了他的心，显然这时"爱他人"的情感冲上了卡列宁的心头。

事实上，卡列宁也非完全是传统意义上所解读的道貌岸然的迫害者，在卡列宁内心深处也存在着一丝向善的迹象。比如他对女人的眼泪，他内心也有所触动，他"听到或者看到孩子和女人的眼泪，总不能无动于衷，一看到眼泪，他就会手足无措，完全丧失思维能力"（托尔斯泰，2011)[325]。在安娜明确表明爱上沃伦斯基之后，卡列宁心里仍长时间保持着做丈夫的义务感。对安娜一味出轨的行为，他也是一再忍让。由此，卡列宁冷酷、虚伪、自私的灵魂中共存着"爱他人"的"善"，而这些"善"的心理因素，在安娜病危这一特定外部环境中才被诱发出来。

在安娜那里，一方面，她认为卡列宁对她的宽容是虚伪的，她蔑视这种"不是男人"的宽容；另一方面，她又觉得有愧于这种宽容。然而，这些与"自我"相对立的"爱他人"意识一直处于劣势，却只在安娜将死之时，才成为了心理活动的主导因素。由此，因为安娜的"爱他人"促动激发了卡列宁"善"的一面，两者"爱他人"的互动促成了"爱"的世界的和谐统一，而这些可贵的情感却在人之将死之时才被激发出来，并且很快又被瓦解。这也许体现了人的有限性，"爱"的无限性，人应该融入共同的爱。这一问题必然给读者留下了无尽的思考空间。

最后，安娜与卡列宁再次对立起来。卡列宁最终拒绝离婚，这让冷酷而又虚伪的卡列宁再次复活。安娜因离婚被拒绝、吉蒂不愿见她等原因，感受到侮辱和被唾弃。她对周围的人充满了绝望，觉得周围的人不是装腔作势，就是丑恶和欺骗。她继而将犀利的目光，从外部环境转向内心。她剖析自己，发现自己同样也并非美好，而是拿对待儿子谢廖沙的爱去"换取别人的爱"。就这样，在"爱"的真理面前，在"爱他人"与"爱自己"之间徘徊的安娜，终究因无法调和的矛盾走向了自我毁灭，融入了"爱他人"与"爱自己"的同一之中。

"爱他人"与"爱自己"仿佛是一对无法调和的矛盾体，然而在"爱"的信仰面前，善良和真诚又使得这两者交融起来，这也成为连接小说叙述网状构造的一个个"扣"。要让"目"与"目"之间相互紧扣，就要让"爱"与"人"融合起来，形成一个完整的"爱"，这也就是托尔斯泰创作从二元对立走向融合的叙事艺术构造及其意义再生机制。

第三节
罪恶与救赎：回归本然

可以说，在托尔斯泰创作的独白型小说叙事网状构造中，网里每一个"目"就是小说的最基本单位，它具体体现在主人公安娜的罪恶感与自我救赎两者之间的关系中。无论是主人公安娜的爱情追求，还是自我毁灭，最终都是回归生命的本然。安娜要获得新生，在现实世界已无可能，只能够回归到生命产生的地方，这一切均与托尔斯泰的思想探索是分不开的。这位伟大作家的一生都在探索救世良方，既拯救他人和社会，也救赎自我和灵魂，哪怕牺牲生命，回归到原初。

自从安娜感觉与沃伦斯基"有点什么"起，她极度不安、惶恐、羞愧，她一直伴随着罪恶感。不少学者认为，这就是源于传统文化戒律中的"罪恶感"。

罪恶意识、罪恶感一直存在于人类的意识之中。婚姻制度、家庭关系等道德规范，本都是从一定的社会经济基础之上产生出来的，由人类自己制定的。传统教义将它们神化，使之具有一种神圣意义，其目的是使人们必须服从它。而且这些制度、原则和规范在社会成员心灵深处，会慢慢内化成个人思想行为的内在准则，支配与主宰人的行为。这样，社会上的制度、原则和道德规范对人的外部压力，通过传统意识，转化为人的内在压力（许桂亭，1993）。

在俄国，这种罪恶感往往来自俄罗斯传统的守妇道的伦理观，自古罗斯以来，对女人的淫乱行为（包括有夫之妇的婚外恋情），"法律都惩罚得十分严酷，犯了这种罪的女人特别受社会的歧视，把她们与窃贼和强盗并列在一起"（金亚娜，2006）。这些观点都从传统文化精神的角度，揭示出一种由外向内的社会惩戒机制。

可以说，安娜的罪恶感的形成是动态变化的，这种来自外在压力形成的罪恶感，并非贯穿安娜整个人生轨迹，而是随着安娜逐步走向自我的精神世界，外在的"信仰"逐步变成了安娜心中的爱的"信仰"。总的来说，安娜经历了从"精神的人"到"动物的人"，再到"精神的人"之后，又重新回归现实世界，开始新的精神探求的过程。就如同上一章中的皮埃尔，安娜带着自己曾有的贵族阶级的价值观，迈入新的思想和价值观之中。她穿越界限，在"我—我""我—他"的对话中，不仅仅实现"信息的传递"，更是在自我价值观上从"中心"到"边缘"，再从"边缘"到"中心"持续运动。她的新旧观念不断碰撞交流，直到她自身的内在精神最终被赋予了新的内涵和风貌。

起初，安娜罪恶感的表现是羞愧与惶恐，这一罪恶感主要来自外在道德伦理的压力。比如，在莫斯科舞会后，安娜向杜丽袒露了自己急着回去的顾虑与难堪，"你可知道吉蒂今天为什么不来吃饭吗？她在吃我的醋"（托尔斯泰，2011a）[120]。在安娜回彼得堡的火车上，沃伦斯基的出现，一种外在伦理构成的理智克制着安娜的情感。"他对她说的话，正是她内心所渴望而她的理智所害怕的"（托尔斯泰，2011a）[126]，并且"火车驶近了彼得堡。有关家庭、丈夫、儿子和今天以及往后的种种琐事的思想，立刻涌上她的心头"（托尔斯泰，2011a）[126]。

其实，在安娜身上，罪恶感是需要自我救赎的。这种自我救赎首先是主人公竭力维护自身的尊严，也就是自尊心。此时，安娜是以外在的伦理道德为标准的。她认为，卡列宁的警告就是对她一直以来建立的人格尊严的否定，她根本不适应外人的质疑，必须维护自己的尊严。可以说，此时的安娜还是外在世界里的"精神的人"。

当安娜与沃伦斯基的爱情烈火日趋浓烈，安娜逐渐背离了外在的世界。一直到发生关系后，安娜彻底脱掉了这件外在的"精神人"外衣，变成了"动物的人"。她"觉得自己好像一名凶手，面对着一具被她夺去生命的尸体。这被夺去生命的尸体就是他们的爱情，他们初期的爱情"（托尔斯泰，2011a）[180]。没有了外在伦理道德束缚的安娜，此时就如同"尸体"一样，已经无法维护自我的尊严，更谈不上自我救赎，只剩下了肉体。这才会有她的痛呼："'一切都完了'，她说。'我除了你，什么也没有了。你要记住！'"（托尔斯泰，2011a）[180]。

然而，出轨后的安娜，比别人更加感到痛苦。深受良心谴责的安娜，努力接受"爱"的感召，祈求向"爱"靠拢。这种良心的恪守和信仰的力量，产生了由内向外的自我惩罚和救赎机制。其目的不再是为了得到外在任何的肯定，而是在"爱"的信仰面前，重新塑造自我内在的尊严。可以说，此时安娜又从"动物的人"逐渐成了内在"精神的人"。这样，安娜就完成了自我救赎的一个轮回。

安娜在产后濒临死亡时，请求卡列宁的宽恕，实际上也是为了自我救赎，以便得到周围人和传统的宽恕。临死前的安娜，面对即将到来的审判，似乎保留着一丝希望，想以忏悔的方式获得饶恕。但除此之外，其实，安娜之举更多的是在接受"爱"的召唤，使自己更接近于"爱"的信仰。她不仅努力与卡列宁和解，而且还促使卡列宁与沃伦斯基握手言和。这显然是安娜在"爱"的感召下，竭力用爱来化解矛盾，从而达到人与人之间的和谐。这也就是托尔斯泰的思想核心，即爱自己、爱别人、甚至爱敌人，以此来救赎自我和人类社会。

然而，现实又是残酷的，托尔斯泰作为现实主义的艺术大师，又不得不面对现实。他在创作中无可奈何地表现了真理与现实的格格不入，安娜的悲剧也就不可避免了。在小说的后半部，安娜无论怎样自我救赎，甚至在她身体恢复后不顾他人的阻挠看望儿子，企图减轻自己对儿子的负罪感。可是无论她如何精心打扮重返上流社会，抬起自己那高傲的头，保持高贵的风范，甚至努力地扮演称职的家庭主妇形象，并从事慈善活动，一切也都无济于事。她的爱在沃伦斯基的眼中，更是无理取闹，她对吉蒂的示好也遭拒绝，从外在世界寻求自我救赎的安娜彻底失败了，就只能以自杀来终结。托尔斯泰让自己美丽的主人公完成了从罪恶感到自我救赎，再回归生命本然的心理和现实历程。

显然，罪恶感与自我救赎渗透在小说叙述网格的每一个片段（"目"）中，而这一个个片段又在"自我与他人"的纽带中，以"对话"的方式，走向"爱"的"同一"。这种独特的由二元对立走向融合和"同一"的艺术结构，使得小说创作形成了超越历史现实的文本意义再生机制。

总而言之，以往对于《安娜·卡列尼娜》这部作品，人们会因其中表现出的某些传统思想，习惯性地把它与消极、反动、落后、愚昧等概念等同起来，甚至还有人认为，托尔斯泰是"鼓吹世界上最卑鄙龌龊的东西之一"的作家。然而，通过以上分析，我们不难看出，正是小说"对爱"的真理合一这一话题的探索，才在一定程度上影响了小说的结构形式，更进一步也影响到了人物性格的塑造。这其中所显示的人物性格魅力，也唤起了各个不同时代读者的审美知觉，从而造就了这部经典之作，并使其在文学史上永不褪色。

当然，对于长期以来的批判现实主义评论而言，出于对当时社会权力话语颠覆需要而提出的"批判现实"的众多观点和说法，比如安娜就是社会历史环境的牺牲者，卡列宁以及上层阶级就是道貌岸然的迫害者等，具有一定的合理性和历史的作用；但对后世读者来说，也许从思想探索的维度，对小说《安娜·卡列尼娜》进行超越历史的解读，将更加具有普世性的说服力。

事实上，抛开历史的内容，通过以上的分析，我们可以看出，小说中对"爱"的含义的异质性能有不同层次的描写，小说文本则呈现出了多样性的开放性结构。而正是这种"爱"的不同内涵及其超现实的意义，使得小说中的人物呈现出了复杂而多重的性格特征。与其说这些人物是那个时代的典型，还不如说是各种思想交织的典型。正如夏仲翼教授曾提到的："托尔斯泰与众不同的地方就是在他能够在人的不带传奇性的、平凡的活动和体验中（和传统小说的戏剧性的、极端的情节不同）表现出气魄宏大、普遍共通的、超越时空局限的含义"（夏仲翼，1982）[60-61]。所以，长篇小说《安娜·卡列尼娜》的经典性不仅在于它反映和批判了现实，而且更在于它经托尔斯泰思想探索下，形成了独特的叙事艺术形式，超越了当时的社会现实，且其小说文本构成了无限可阐释的空间。正因为如此，托尔斯泰的长篇小说《安娜·卡列尼娜》才可能是说不尽的。

第四章

人性的苏醒与回归：《复活》的空间叙述机制

托尔斯泰创作的最后一部长篇小说《复活》，曾被誉为19世纪俄国现实主义小说的佳作。《复活》出版于1899年，这是托尔斯泰的宗教世界观早已确立并对其创作影响最为深刻的时期，也是俄罗斯社会激烈动荡的时代，当时地下革命活动增多，社会对沙皇政权的不满情绪上升。

在西方文学批评中，爱德华·瓦西奥莱克（Edward Wasiolek）写道："托尔斯泰的教育思想从来没有像《复活》中那样庞大，也从来没有对他的艺术构成过如此严重的威胁"（Wasiolek，1978）[191]。确实，《复活》强烈的思想意识倾向，在一定程度上遮蔽了其创作艺术的光芒。因此，不少西方学者认为，就艺术成就而言，《复活》是比《战争与和平》和《安娜·卡列尼娜》更为次要的小说。R. F. 克里斯蒂安（R. F. Christian）在分析《复活》时，首先断言"没有一个严肃的评论家会否认托尔斯泰的最后一部小说是一部远远低于它之前的两部伟大小说的艺术作品"。在俄国批评界，巴赫金着重分析了托尔斯泰晚年的代表作《复活》认为，托尔斯泰的"艺术专制"观念影响到他的小说创作。他还认为，《复活》的布局结构与托尔斯泰前期的小说相比，显得异常简单（宋德发、张铁夫，2005）。

确实，与托尔斯泰此前文学创作所表现出的精神探索相比，创作《复活》时期的托尔斯泰已很少反映出自身复杂而艰难的思想斗争，他的思想已经走向成熟，且形成了所谓的"托尔斯泰主义"：勿以暴力抗恶、道德自我完善、博爱。然而，不可忽视的问题是，创作水平不断提升的托尔斯泰花费了比创作其他任何一部小说更多的时间，来精雕细琢这部作品。那么，《复活》的艺术水平为什么不升反降了呢？事实上，"托尔斯泰主义"并非仅仅局限于19世纪下半叶俄罗斯阶级社会状况，而是托尔斯泰倾尽大半生心力，从全人类精神本质出发，从伦理角度寻找的一条改造世界的途径。被教会革出教门的托尔斯泰，在寻找解决人类社会罪恶问题上重新思考人与信仰、人与自身肉体和灵魂、人与他人及其与社会的关系问题上，最终提出了"爱他人"的核心思想，从而形成了立足尊重、保护和提升人性基础上的"救世思想"。

　　一般说来，在文学批评中，批评者已经习惯于"二元对立"的思维模式，即把文学作品的思想内容与艺术形式对立起来看，似乎作品的思想倾向性越明显，形式的艺术性就越低。在对托尔斯泰长篇小说《复活》的研究中，这一点表现得尤为突出。其实，在文学创作中，作品的思想性往往也可能促进艺术表现形式的丰富和发展，甚至可能催生新的艺术形式。本章就努力探究长篇小说《复活》在空间艺术形式构造上的积极探索，以期揭示该小说思想性对其艺术性的促进，从而发掘《复活》的艺术价值。在小说《复活》的创作过程中，托尔斯泰通过现实、信仰、自我三个空间维度的描述，在表达超越时空的"爱"的伦理思想时，造就了这部文学经典的独特艺术形式，也就是小说的文本意义再生机制。

　　洛特曼在提及艺术文本的空间模拟机制时，曾明确表示："文本具有模拟功能，它可以在两维的和有限的空间中表现多维的和无限的现实世界，它所模拟的现实是'世界图景'，即世界面貌最一般的方面，这个图景不可避免地具有空间性和一般性"（康澄，2006）[63]。长篇小说《复活》正是通过从现实、信仰、自我三个有限的空间层次，表现了多维而无限的世界，凸显了艺术文本的空间模拟机制。在现实层面，托尔斯泰构建了监狱与自然相对立的"世界图景"，从而给读者以视觉冲击，在展示与"爱"疏离的人间世界时，产生了独特的艺术审美效果。在信仰层面，在世俗信仰的"有限性"与博爱信仰的"无限性"之间，主人公聂赫留朵夫的走访，串联起了一幅幅空间的精神图画，即统治阶级与被压迫阶级之间、矛盾的知识分子、崇尚暴力革命的政治犯与丧失自我的流浪汉等的对话世界。小说构建了外在对立的时空文本结构，为读者提供了亲身感受多元社会精神图景的审美体验。在自我层面，主人公聂赫留朵夫经历了与他人、与自我、与信仰对话互动的艰难救赎过程之后，走向了爱所有人的道路，这让文本内在暗藏着主人公的自我与他者、自我与自我的对话双线结构。当然，这三个层次又是相互交融与碰撞的，在整个小说文本空间上形成了动态变化的潜能，构成独特的意义再生机制。

第一节
怪诞的世界图景："监狱"与"自然"

小说开篇描写了一座城市的春天。托尔斯泰描述的是一座陌生化的城市，这里所发生的一切显示出了一个被破坏的大自然："尽管好几十万人聚居在一小块地方，竭力把土地糟蹋得面目全非。尽管他们肆意把石头砸进地里，不让花草树木生长。尽管他们除尽刚出土的小草，把煤炭和石油烧得烟雾腾腾。尽管他们滥伐树木，驱逐鸟兽。但在城市里，春天毕竟还是春天"（托尔斯泰，2011b）[3]。人为的破坏与大自然的生机盎然形成鲜明的对照。托尔斯泰通过将美丽的春天与扭曲的社会现实并置，人们迫害自然生命的现实也隐喻了《复活》中俄罗斯社会中的异化现象。正如巴赫金所说，"这幅城市春天的画面，仁慈的自然与罪恶的都市文化彼此斗争的画面，广阔而纯然是哲理的两面……这一画面为随后种种揭露定下了基调，包括对为人类所杜撰的监狱、法庭、上流社会生活等等的揭露"（巴赫金，1998）[21]。

在开场白后不久，托尔斯泰向观众展示了"植物、鸟类、昆虫和儿童"在春天是如何快乐的，而成年人则忙于"发明统治别人的手段"。在这之后，叙述的视角立即转移到监狱走廊，在这种自然与现实的反差中，凸显了一个压抑人性的地理空间，托尔斯泰写道："监狱院子里，空气就比较新鲜爽快些，那是从田野上吹来的。但在监狱走廊里，却弥漫着令人作呕的污浊空气，里面充满了伤寒菌以及粪便、煤焦油和糜烂物品的气味"（托尔斯泰，2011b）[4]。疾病和排泄物与小说开头的贫瘠土地联系在一起，与春天的空气信号形成鲜明对比，它们的存在意味着不公正的社会制度，这一切与自然法则相违背。

值得一提的是，在托尔斯泰早期的两部小说中，叙事与大自然的伟大律动紧密相连。乔治·斯坦纳（George Steiner）在谈到《安娜·卡列尼娜》时写道："没有小说能像它一样能让语言更接近农场生活中的感官活动，更接近霜冻之夜牛棚的芳香，或是狐狸穿过高高的草地发出的沙沙声"。然而，在《复活》中，叙事却从自然中退回，披露了人的非自然行为，作家有意将自然意象与非自然进行对比，作为焦点的"监狱"是违背人性的非自然呈现，它传来阵阵恶臭，具有很强的意象性与符号寓意。小说的世界在这样强烈的对比与冲击中，构建了一个怪诞的空间图景。在《艺术与文学的怪诞》（The Grotesque in Art and Literature）一书中，沃尔夫冈·凯瑟（Wolfgang Kayser）对怪诞作了一个解释"怪诞就是与世隔绝的世界"，并认为"怪诞"使我们的世界变得不可靠和奇怪。怪诞的表现方式使我们熟悉的世界变得陌生，怪诞的艺术手法在《复活》中被广泛使用，起到了疏离化的效果。

此外，要产生怪诞的疏离效果并非意味着要完全构造出一个离奇而恐怖的世界。凯瑟把童话作为怪诞小说的一个佐证，他认为"从外部看，童话世界也可以被看作是陌生的"，但与怪诞小说不同，这个"世界并没有疏远……我们熟悉和自然的元素不会突然变得奇怪和不祥"。《复活》以怪诞艺术创造了两个世界：一个充满生机的自然世界与另一个阴暗恐怖的扭曲世界。在小说的开篇中，这两个世界还只是"自然"与"监狱"，后面逐渐延伸到整部小说的空间场景构造。托尔斯泰将熟悉的自然现象与陌生的扭曲事物并置在一起，形成明显的对照，不断打破读者的原有期望。正如洛特曼指出的，"艺术文本可以用空间关系的形式来表达非空间内容的'世界图景'……在艺术文本中'所有的元素实质上都是意义的元素'，艺术文本以其整个结构成为意义的携带者"（康澄，2006）[64]。在《复活》中，"自然"与"监狱"组织了整个文本的意义构造，它们具有明显的象征意义：灵魂的美好或是堕落。托尔斯泰将小说人物的灵魂设置在两个空间元素之间,越是深入"监狱",人的灵魂也就越空洞与麻木。

就像小说之后展开的聂赫留朵夫对他与玛丝洛娃往事的倒叙,类似于托尔斯泰早期小说创作中的自然主题的描写,这些章节被评论家们称赞,认为是《复活》中最美好的、最具艺术性的部分,就像小说开头对春天的描写一样,它们唤起了一种未被社会习俗玷污的纯真感。聂赫留朵夫回到乡下,在田野里漫步或在花园里小憩时,近乎完美地"与自然交流",与大自然相融合。他与卡秋莎(玛丝洛娃)的浪漫始于这个田园诗般的天堂,托尔斯泰将其描述为一个天真的贵族青年与同样天真的年轻女孩之间的纯真爱情。然而,这种在托尔斯泰早期作品也出现的浪漫场景在《复活》中只是短暂的,很快就从聂赫留朵夫的回忆中拉回庭审的现实,即对玛丝洛娃的法庭审判和对她被指控所杀害的商人的尸检报告上。聂赫留朵夫和卡秋莎(玛丝洛娃)的浪漫的田园情景,被陌生的死亡和腐朽的叙述所侵蚀。

事实上,在美好的自然叙述和令人恶心的商人解剖报告之间,存在着强烈的对照关系,聂赫留朵夫将记忆中美丽的庄园与玛丝洛娃堕落的地方等同起来。"从尸体鼻孔里流出来的脓液、从眼眶里爆出来的眼球、他聂赫留朵夫对她的行为,这一切在他看来都是同一类事物。这些事物从四面八方把他团团围住,把他吞没了"(托尔斯泰,2011b)[74],美丽的自然描写与可怕的解剖叙述混合,熟悉的美好世界与这世界黑暗的另一面并置形成对照,产生了怪诞的效果。托尔斯泰将自然人性与反自然的扭曲相混合,把商人那令人呕吐的尸体推到读者眼前,很快又把读者推进了无尽的黑暗之中。

可以说,"监狱"是整部小说异化的中心,是与自然性隔绝的空间。透过监狱,从商人的尸体到玛丝洛娃的"灵魂的丧失",再到囚犯的身体,到绅士们的形态,再到整个社会的风气,托尔斯泰以"身体"作为描写视角,构造了一个怪诞的集体画像。在长篇小说《复活》中,关于商人的验尸报告无疑给读者留下了一定的阅读冲击，因为它是一种医学意义上的描写对象，由脓液、增大的器官和腐烂的皮肤组成，无法构成一个正常的、完整的人。反映了《复活》世界中所要体现的更可怕的东西：人们精神身份的广泛丧失，人性的普遍堕落。被描绘成一堆碎肉的商人反映了非人性化的社会弊病，之后便有了卡秋莎转变成妓女玛丝洛娃的描述。

当聂赫留朵夫第一次在监狱里见到玛丝洛娃时，他心里就想"这个女人死了"（托尔斯泰，2011b）[161]，妓女生活已剥夺了玛丝洛娃所有的灵性，使她沦为一个躯壳，跟行尸走肉差不多。但这种彻底的堕落，始于她与聂赫留朵夫发生关系。在那一幕中，聂赫留朵夫听到了卡秋莎（玛丝洛娃）的反抗和她要求停止的请求。但他却视她的话而不顾，而更偏爱她的身体语言。他听到她说："'这像什么话？唉，这怎么行？姑妈她们会听见的'，她嘴里这样说，但整个身子却仿佛在说，'我整个人都是你的'"（托尔斯泰，2011b）[67]。正如托尔斯泰所指出的，"聂赫留朵夫理解的只是身体语言"（托尔斯泰，2011b）[67]，虽然玛丝洛娃的话拒绝了他的请求，但他相信她的身体欢迎他。在此时，玛丝洛娃的一切都降到了身体层面。

自此之后，随着时间的推移，玛丝洛娃在自我堕落的道路上越走越远。她同意正式登记为妓女，"玛丝洛娃想象着自己穿上一件袒胸黑丝绒滚边的鹅黄连衣裙的情景，再也禁不住诱惑，就交出身份证换取黄色执照"（托尔斯泰，2011b）[11]，玛丝洛娃把自己看作一个穿着诱人服装的美丽身体，并交出她的身份证，而她的精神身份也因此退化到了肉体的层面。卖淫的经历深深地埋葬了玛丝洛娃的灵魂，以至于她的精神已死，与商人的尸体没什么两样。正如巴赫金所说，在怪诞中，"一切崇高、精神、理想、抽象的"都被"降低到物质层面，降到身体的领域"（Bakhtin，1984）[36]。卡秋莎从一个充满活力的青春少女，一个精神纯洁的灵魂，走向了麻醉的、情欲化的身体。原本在读者心目中正常而又熟悉的女主角，却在故事情节的推进下走向肉体的堕落和精神身份的丧失，让读者产生怪诞疏离的阅读效果。

同玛丝洛娃一样，在特定的群体之中也存在着失去精神的人物，一些道貌岸然的、具有高贵身份的绅士们，被描绘成了缺乏灵性的怪诞身体，比如柯察金。虽然柯察金家族与来自《战争与和平》的罗斯托夫家族一样，属于同一个贵族圈子，参与同样的社会活动。但是，他们躯体里的精神却被掏空了。玛丝洛娃受审后，聂赫留朵夫访问柯察金时，面对的是他们怪诞的一面。他们"头脑里不知怎的却充满了各种古怪的形象"（托尔斯泰，2011b）[104]，老柯察金的假牙和无眼皮的眼睛，他红红的脸和贪婪的嘴唇，在聂赫留朵夫看来特别刺眼。这些奇怪的图像不是一个完整的人，而是怪异的身体部位构成的轮廓。

其实，除了老柯察金，在许多场景中都出现了些人物身上反映的这些怪诞的特点。根据巴赫金的说法，"怪诞的身体从'古典'美学的角度来看，丑陋、可怕……；它们总是越过边界，通过诸如'张开的嘴、大肚腩、鼻子'之类的小孔渗透"（Bakhtin，1984）[25]。也就是说，怪诞的阅读体验可以通过笨拙奇怪的身体部位以及被破坏了的正常的人物形象来体现。比如在《复活》中，聂赫留朵夫曾考虑过和米西结婚，但如今看到的却是米西脸上的皱纹、尖锐的肘部和蓬松的头发。她瘫痪的母亲在身体上很不讨人喜欢，她害怕在阳光下或没有昂贵的丝绸外套时被人看见。可以说，每个身体部位都呈现出缺乏灵魂的怪诞躯壳的特质。

最后，当托尔斯泰描述囚犯前往西伯利亚时，将整个被物化和被剥夺人性的空间图景表现到极致。囚犯们穿得一模一样，排着队走着，看上去像是一台机器在城里穿梭。托尔斯泰详细描述了这一过程，强调了它的非人性："队伍非常长，前头的人已经走得看不见了，后面装载行李和老弱病残的大车才刚刚起动……天气更热了，空中没有风，上千只脚扬起灰尘，一直漂浮在街心走着的犯人们头上……一排又一排模样古怪的可怕生物,迈动上千只穿着同样鞋袜的脚,合着步伐摆动空手,似乎在给自己鼓气。他们人数那么多,他们仿佛不是人,而是一种可怕的特种生物"(托尔斯泰,2011b)[361]。通过聂赫留朵夫的凝视,行军的囚犯被描述为"可怕的生物",表明这些男女不再被视为人类,至少在社会的眼里已经变成了一个个奇怪的、不自然的、怪诞的身体。这些奇怪的场面,与柯察金在聂赫留朵夫脑海中浮现的"奇怪的画面"相一致,都体现了"非人化"的特征。

囚犯列队齐步前进给人的印象是这些人盲目服从命令,没有自己的意愿。囚犯们变成了社会命定的机器,在外在社会力量的压迫下,像是被机器驱动着,这一场景具有强烈的怪诞色彩。正如凯瑟在提及现实主义作家查尔斯·狄更斯作品中的怪诞时,认为狄更斯的世界充满了"机械的"人物"总是在放松和移动","他们在活动过程中消耗的能量……不是他们人性的一部分,而是指向驱动他们的非个人力量"。《复活》中的囚犯也被这个体系变成了机器人,他们被剥夺了个人身份,被降级、被统一穿制服,被送上了漫长和艰难的旅程。对他们中的许多人来说,这段旅程将以死亡告终。

在"监狱"与"自然"这样对立的地理空间图景中,囚犯不仅被当成了没有生命活力的机器人,更像是没有灵魂的怪物一样游荡。"监狱"就是迫使人进行"非人化"活动的空间,劳役或流放则是一个移动的"监狱",通向了死亡的必由之路;它剥夺了人的灵魂,无情地把人变成了木偶。当然,具有灵魂、意志坚定的囚犯,也只是压抑住自我,表面顺从,但这也不妨碍从侧面揭示了"监狱"空间下一个个"非人化"的怪诞图景。可以说,托尔斯泰构建了一个黑暗而空洞的空间,那里缺乏灵性,人物被非人性的力量驱使着,打乱了是与非、正与邪、善与恶之间的界限,且无限释放了人内心深处的"兽性"本能,使人从"自然"的地域位移到"监狱"的地域中。

在托尔斯泰的笔下,"自然"不仅是自由的象征,更是"爱"的精神的体现。"自然"的生机勃勃与"监狱"的死气沉沉,"自然"的美丽情景与"监狱"的恐怖场景,"自然"的自由自在与"监狱"的铁链镣铐等,形成了迥然不同的鲜明映照。也正是在这种对比空间构成的世界图景中,"正常"与"怪诞"相互碰撞,"现实"与"精神"互为对话,文本的意义才新生出来,并形成无限可阐释的意义空间。

第二节
"信仰"的内涵:有限性与无限性

托尔斯泰在《天国在你们心中》一书中指出,"自由并不在于他能不受生活进程和已经存在的种种因素的影响,随心所欲地行事,而是在于他一旦承认展现在他面前的真理,信仰这一真理,便能成为……尘世的万古不废的事业的一个自由和快乐的创造者,或者,不承认这一真理,沦为这真理的奴隶,痛苦地被强行卷向他所不愿去的地方"。这里,可以理解为信仰被认为是世界的生命,是渴望在世界上自由的人类生命;而所谓的自由,不是在于做你想做的事,而是在于你必须做的意识上。

长篇小说《复活》以主人公聂赫留朵夫为玛丝洛娃四处鸣冤奔走作为主线,展现了两种对"信仰"不同认识的人:一种是想通过祈祷迫使神满足他们的愿望来服侍他们的人,这里对信仰的祷告是从利益出发的,丢弃了人的精神本质,对于世俗利益集团更是以教会和律法来损害他者获得幸福,他们所理解的"信仰"无疑是有限的。另一种则是托尔斯泰所认为的我们应遵循的"爱"的真理,并以此作为真正的信仰,其意志的实现决定着我们的精神生活方向,对于人的精神世界的完善,具有永恒而无限的意义。在这对"信仰"内涵有限性与无限性的理解之间,主人公聂赫留朵夫上法庭、下农村,走动在上流社会与社会底层之间,最后跟随流放的囚犯,远赴西伯利亚。

随着聂赫留朵夫的足迹，一幅幅空间图景徐徐展开，展现了统治阶级与被压迫阶级之间、思想矛盾的知识分子之间、崇尚暴力革命的政治犯与丧失自我的流浪汉之间的冲突与对话，构建了小说外在对立的时空文本结构。正如学者季明举认为的，《复活》是"以男主人公的外部经历作为结构作品。主人公不断处于运动中，叙事的时空、人物、情节单元也随之变换。在这种活动场景的交替中，凭借主人公行为足迹的指向，读者可以最大限度地认知某一时代的社会风貌"（季明举，1999）[60]。

　　在监狱牢房里，聂赫留朵夫看到一百双痛苦眼睛的注视，并由此感受到仿佛是来自传统信仰的真谛在拷问着自己的灵魂。透过他者的眼睛反观自我，聂赫留朵夫意识到自己对他者的责任，他者既是"信仰"也是普通人。因此，聂赫留朵夫一开始就有所觉醒，并义无反顾为玛丝洛娃鸣冤。四处奔走的聂赫留朵夫，是托尔斯泰"活的神学"的艺术表现，"只要人人开始照着其内心中的良知生活，那么，一切的心灵都在渴望着的美好不久就回来了"（季明举，1999）[60]。什么是"其内心中的良知"呢？这就是托尔斯泰所理解的救世良方，即"爱的法则"。爱是人们通往神圣之路的绝对真理，而且它不是概念化的，是真实地存在于人与人之间的交往中的，是通过"我"且在"我"为他者的存在中进入你我的生命。在此基础上，托尔斯泰借聂赫留朵夫的腿，走遍了俄罗斯；以聂赫留朵夫的良心，接触到了许许多多的冤案、错案和假案，特别是那个"红头发女人"的感人至深的故事。当他在远赴西伯利亚的火车上，遇见了淳朴善良、品德高尚的普通老百姓。在体验了三个月流放犯的生活后，他愤怒地抨击了这个人吃人的黑暗现实社会。

　　与此"活的信仰"相对的空间因素是教会的规章制度，一个由官员统治的"官场神学"。那些主宰"现实审判"权利的人，通过以世俗集团利益为目的的律法，以牺牲人与人之间的关系为代价篡夺了"神"的审判权。通过创造有限的"神"，让人们按其制订的规则生活。被审判人给限定在特定的社会密码里，被遮蔽了声音和自我与灵魂。比如在关于监狱教堂礼拜仪式的描写与讨论里,仪式中人们食用沾了葡萄酒的面包,就可以祈祷获得"神"的宽恕,这面包即代表神的身体和血的物品,可是"在场的人,从司祭、典狱长到玛丝洛娃,谁也没有想到,司祭声嘶力竭地反复念叨和用种种古怪字眼……恰好禁止这里所做的一切事情。他不仅禁止这种毫无意义的饶舌和以师尊自居的司祭使用面包和酒所做的亵渎法术……主要是他不但禁止对人使用任何暴力,并说他是来解放一切囚犯,使他们获得自由的"(托尔斯泰,2011)[184]。在此,作家撕下了教会的假面,揭示了教会是国家用来对群众进行精神奴役的工具。司祭口中念念不忘的教义,行动上却在通过对人民施行精神麻醉的办法为自己的谋利,甚至不惜采用暴力的手法。可见,这种以祈祷之名拯救人们的教会教义,实际上是人性的枷锁,与将人类连接在一起的"爱"的信仰相比,不仅把一部分人从另一部分人中间排除出来,也把人与真正的"信仰"隔离。

在《复活》中,托尔斯泰还通过聂赫留朵夫的奔波足迹,展现了形形色色的为所谓的"信仰"服务的人物,从监狱官员到神职人员。例如,在对玛丝洛娃的审判中,司祭就非常自豪"由他带领宣誓的已多达几万人,而且到了晚年还能为教会、祖国和家庭出力。他死后不仅能给家人留下一座房子,而且还有不下于三万卢布的有息证券。他在法庭里带领人们……宣誓……这项工作是不正当的。这一点他从来没有想到过,他不仅从来没有感到于心有愧,而且很喜爱它"(托尔斯泰,2011b)[30]。司祭以三万卢布出卖了自己灵魂,以拥抱为幌子,用亲吻的方式背叛那个"爱"的永恒真理。此外,在描述一位主持仪式的牧师时,托尔斯泰写道:"他相信的并非面包会变成身体,说许多空话会有益于灵魂,或者他真的吃了……一块肉。这类事是不足信的。他相信的只是非有这样的信仰不可……主要是十八年来他靠这种礼拜收入钱财,养家活口,让儿子读中学,送女儿进神学校"(托尔斯泰,2011b)[309]。可见,对真理的背叛不仅在于教会所教导的内容和形式上的荒诞,而在于它为整个制度的虚伪本质赋予了神秘的面具。

在教会教义与"爱"的信仰相互对立的文本空间之间，作者追随聂赫留朵夫的脚步，还安排了处于中间立场的矛盾人物。他们受过教育，对教会的教义持质疑态度。然而，在一番精神挣扎之后，他们都不得不屈从于被教会腐化的黑暗社会。比如，当聂赫留朵夫遇到以前军队里的朋友申包克时，发现他如今靠别人的劳动和金钱生活，只对食物和赛马感兴趣，这个原本有血有肉的人完全忽视了聂赫留朵夫一直为正义而奔波的意义。他被生活的腐朽所麻醉，变得茫然。申包克的转变，让聂赫留朵夫对自己和他曾犯下的罪有了新的认识。他曾对卡秋莎犯下的罪，在一定程度上不过是空虚、被生活宠坏的结果。以不抛弃玛丝洛娃或解决他财富和土地所有权的问题来赎罪，都无法挽回他内心的空虚、迷惘。

书中还有一个典型的中间人物是聂赫留朵夫的朋友谢列宁。在年轻时，谢列宁就以为人们服务作为生活目标，并相信可以通过政府机构来实现人生目标。但是，在进入官场之后，谢列宁"时刻感到，一切都和他的期望截然相反，一切都和应有的情况截然相反"（托尔斯泰，2011b）[309]，和他那个时代所有正直的人一样，谢列宁对制度采取了批判的态度，相信"精神自由"。但整个生活环境一直逼迫他参与虚伪的教会礼节，他要么假装，要么从这些情况中解脱出来。他坚信自己对"精神自由"的信仰是正确的，但他渐渐在生活环境的逼迫下，"只好自己欺骗一下自己……这是一点小小的虚伪，但它却把他引向大的虚伪，使他至今不能自拔"（托尔斯泰，2011b）[291]。这里"大的虚伪"是谢列宁所拒绝的教会教义的谎言，即人类理性无法获得的所有更高的真理。启示只能由教会来保存。为了获得内心与身份的归属，他开始研究"不合理"，而放弃了他的"精神自由"。他阅读教会神学，他一面认为教条是否定个人对真理的认识，而一面又被迫赞成对真理的共同经验的教条，以便能够遵守教会礼仪，从而能够像其他人一样。他就这样一面迫使自

第四章 人性的苏醒与回归：《复活》的空间叙述机制

己相信这些教条，另一面又怀疑这种信仰，眼神总是那么忧郁。

在会面中，聂赫留朵夫非常惊讶，他突然意识到，"觉得这个原来亲切可爱的人，经过这番简短的交谈，变得生疏、隔膜而难以理解"（托尔斯泰，2011b）[308]。托尔斯泰通过聂赫留朵夫与老友谢列宁的内在冲突，揭示了俄国社会的深层矛盾。这个曾经熟悉的朋友，已经变成了维护体制的陌生人。这个场景如同解剖刀般剖开了俄国社会的运行机制，法律条文把不公正的制度包装成"合法"，教会教义把压迫行为美化成"神圣"，两者共同制造出"有限性"的"社会真理"。人们只要机械地遵守这些规则，就能心安理得地逃避道德责任，甚至把作恶当作履行职责，让整个社会陷入集体性的道德昏睡。这种体制最可怕之处，不在于它制造了多少冤案，而在于它让参与者都成为"无罪的罪人"——就像谢列宁，他并非天生邪恶，却因盲从体制而丧失了人性温度，体现了制度的异化。

同谢列宁相似的还有聂赫留朵夫的姐夫。针对聂赫留朵夫为玛丝洛娃申冤的行为，其姐夫争辩道，如果玛丝洛娃受到惩罚，那么她一定是有罪的，因为司法制度以公正为目标。姐夫称小偷就是小偷。他无法理解，为什么聂赫留朵夫试图在他认为不公正的司法体系内工作。但是，聂赫留朵夫在这段愤怒的长篇争论的结尾注意到，他姐夫的眼睛里有一滴眼泪。第二天一早，他醒了过来，为他姐夫的遭遇忏悔，决心要把事情弄清楚。这一次与他的妹妹和姐夫的邂逅，又增添了聂赫留朵夫悔罪和救赎的任务。因为他的姐夫和谢列宁一样，向他表明了罪恶的存在。聂赫留朵夫对这种罪恶的蔑视，在他自己看来，只是表达了他对正义的热爱。现在他明白了，在他试图通过为玛丝洛娃辩护来赎罪的过程中，他也融入了"现实审判"虚假的司法之中，而远离了"爱"的永恒的真理，这一真理真正关注着人与人之间的情感互动。因此，《复活》不仅仅是简单地模仿生活，意在对黑暗生活的批判，更是为了将教会回避的"爱"的永恒信仰融入到生活中。因为"爱"的真理是生活在活生生的生命之间，而不仅仅是在讲坛上的虚伪阐述。

面对社会种种的罪恶与黑暗，以及统治者与受压迫者之间不可调和的矛盾，小说第三部以描写政治犯为主，展开了关于"暴力"手段解决政治问题讨论。一方面，托尔斯泰表现了对被压迫者的暴力斗争的明显同情；另一方面托尔斯泰对这些问题的处理，却并不着眼于政治，而是寄希望于永恒的"爱"。世俗信仰的有限性与"爱"的无限性的对话又再次展开。比如克雷里卓夫说，对于反动统治者，就应该"把所有人团结起来……去把他们消灭掉……我们要坐着飞艇飞上天，在他们头上扔炸弹，把他们像臭虫一样统统消灭掉"（托尔斯泰，2011b）[449]。聂赫留朵夫面对监狱非人的屈辱和苦难，也暗自想道，"人吃人这种事不是起源于原始森林，而是起源于政府各部、各委和各局，只不过最后在原始森林里结束罢了……以杀人作为自卫和达到全民幸福这一崇高目标的手段，是合法正当的"（托尔斯泰，2011b）[454]。但在小说尾声，托尔斯泰表达了他"勿以暴力抗恶"的思想，"要克服使人们饱受苦难的骇人听闻的罪恶，唯一可靠的办法就是在信仰面前承认自己总是有罪的，因此既不该惩罚别人，也无法纠正别人"（托尔斯泰，2011b）[486]。这种直接"妥协"的说教方式难免会让人感觉是痴人说梦，从现实的处理世事来看，暴力分正义与邪恶，要让正义战胜邪恶似乎必须"以眼还眼以牙还牙"。与社会改革家和政治家的角度不同，托尔斯泰的思想并非着眼于现实的作用，"勿以暴力抗恶"暗含的思想是用仁慈和爱来改造罪恶，"要永远饶恕一切人，要无数次地饶恕人"（托尔斯泰，2011b）[486]，这是基于"爱"的真理，其基础是真正的德行，是仁慈和博爱。与形式化的信仰崇拜和虔诚的仪式表演所体现的有限性相比，"爱"的真理是追溯到人类生命和灵魂的精神内核，它是对人性的一种引导、一种永恒完美的执着追求。

第三节
双向救赎：自我与他者

理查德·古斯塔夫森（Richard F. Gustafson）曾指出，"《复活》是一个罪恶和救赎的故事。罪恶，一如既往，指人际关系的失败"（Gustafson，1986）[162]。他接着解释说，主人公聂赫留朵夫"得救了，不是因为他更有价值，而是因为他努力地寻求救赎。他从一个关于'罪'的错误概念开始，作为过去的行为，他可以纠正的对爱的一次单独的侵犯……罪人在人生中认识到，为了让他的灵魂继续成长，他必须参与救赎这个不公正的世界……通过清除自己的判断，以便他现在能够帮助创造与人相关的关系"（Gustafson，1986）[175]。

可见，在具体文本中，托尔斯泰并非仅仅局限于讲述聂赫留朵夫个人的、自我救赎的故事，而是意在投射出整个社会的罪，即人类关系的失败，人与人之间充满了罪恶与怨恨、偏见与责备、自怜与仇恨。为此，"复活"并非只是聂赫留朵夫的复活，而是他对社会的救赎，他要从制度上揭示人与人之间的冷漠关系，重新注入爱的绝对真理。当然，社会的救赎还要通过每个人的救赎来实现，在聂赫留朵夫本人经历了与他人、与自我、与真理的对话互动的艰难救赎过程之后，聂赫留朵夫最终走向了爱所有人的道路。从这个意义上说，文本则又实现了自我与他者、自我与自我对话的双线结构。

值得一提的是，托尔斯泰式的救赎观是一种动态的、持续的、接近的运动，不同于教会那种虚伪的救赎论。就像在小说中，聂赫留朵夫听到一位传教士宣称，"现在有救了！这是一种轻松愉快的拯救。这种拯救就是上帝的独子为我们留了血，他情愿为我们受苦受难。他的苦难，他的鲜血拯救了我们"（托尔斯泰，2011b）[289]。聂赫留朵夫的精神复活也绝非是一些评论所提到的，其灵魂的觉醒只进行了一天。"早上发现自己青年时代诱惑过的姑娘成了阶下囚,感到有罪,晚上就决定赎罪,跟过去决裂,开始新的生活",这就是说,他在一日之内精神就差不多复活了,他决意走新生的道路。其实,聂赫留朵夫经历着复杂的内心斗争和矛盾反复的过程,这不仅是他在这一天中内心世界的冲突和反思,而是后来不断发展的精神变化,更是在自我与他人之间的救赎和通往真理的漫长之路。

当聂赫留朵夫在法庭上认出玛丝洛娃,他很快把自己带到了"爱"的审判之中,并因此想起了往事。最初,玛丝洛娃的出现在聂赫留朵夫内心世界唤起了他对羞耻的恐惧和对责任的逃避,"他心里产生了悔恨情绪,但他还不愿受它支配。他认为这是个偶然事件,不久就会过去,不会损害他的生活。他觉得自己好像一只做了坏事的小狗,主人揪住它的脊背,把它的鼻子按在闯祸的地方"(托尔斯泰,2011b)[82]。聂赫留朵夫试图从内疚感中解脱出来,然而,一旦灵魂的忏悔开始了,他就会不自觉地想起玛丝洛娃。他回忆起穿着白裙子的"年轻的卡秋莎",他们纯洁的"爱",他曾经的最好的自我,现在他自己"全在谎言中"。他将从"可耻和卑鄙"的过去中解脱出来。他知道,他需要一种"灵魂的净化",意思是"一种精神状态:他生活了一个时期,忽然觉得内心生活迟钝,甚至完全停滞。他就着手把灵魂里堆积着的污垢清除出去,因为这种污垢是内心生活停滞的原因"(托尔斯泰,2011b)[109]。仅仅出于解放灵魂的需要,他必须告诉玛丝洛娃,他在她面前有罪并且乞求她的宽恕;如果有必要的话,他甚至应该娶她。虽然聂赫留朵夫意识到曾因"爱"而犯下的罪,但此时他只是将"爱"的审判,留给了一种外在的"和解"的使命。对他来说,这仅仅意味着是一个关于忏悔和救赎的任务。

聂赫留朵夫和玛丝洛娃之后的三次会面,也是聂赫留朵夫在自我与他者、自我与自我对话中,实现不断觉醒的历程。由于悔改和救赎的需要,聂赫留朵夫利用自己拥有的特权与玛丝洛娃会面。他们最初的见面，都以自己的判断给对方贴上了标签。玛丝洛娃从聂赫留朵夫的衣着看出他是个"有钱人"，并自动"微笑"。虽然之后玛丝洛娃通过他脸上的神情认出了他。有一瞬间，玛丝洛娃回忆起她曾经爱过的那个年轻人，但随后她又将他仅视为"那种人"，那种"在需要的时候可以玩弄像她这样的女人，而像她这样的女人也总是要尽量从他们身上弄到些好处的这样一类人"（托尔斯泰，2011b）[160]。于是玛丝洛娃伸手向他要钱。同样，聂赫留朵夫在表达要赎罪的意愿后，看着玛丝洛娃原本亲切可爱，如今却妖媚地斜睨眼睛，也给玛丝洛娃贴上了标签，"这个女人已经丧失生命了"（托尔斯泰，2011b）[161]，他便在内心有了动摇，想给她一笔钱一走了之。但他很快觉得"她身上有一样东西，同他水火不相容，使她永远保持现在这种样子，并且不让他闯进她的内心世界……这种情况不仅没有使他疏远她，反而产生一种新力量，使他去同她接近"（托尔斯泰，2011b）[162]。因此他觉得应该在精神上唤醒她，不是"为了他自己，而是为了她"。可以看出，两人的第一次会面，唤醒了玛丝洛娃过去的记忆以及对聂赫留朵夫的敌意。但是，聂赫留朵夫则在判断她是一个死去的女人时，仍然继续他的尝试，这是心灵救赎活动的初始阶段。聂赫留朵夫虽然感到自己的罪过，但更多还是想拯救玛丝洛娃，对自身还缺乏深刻反思。

聂赫留朵夫第二次来访，原本坚定地打算宣布他第一次没有提到的救赎计划，"我要赎我的罪……不是嘴上说说，我要拿出实际行动来。我决定跟您结婚"（托尔斯泰，2011b）[178]，而玛丝洛娃愤怒地回绝道："你给我走开！我是个苦役犯，您想利用我来拯救你自己"（托尔斯泰，2011b）[179]。聂赫留朵夫闻到了她喘息中的酒味。他看到，他的出现使她意识到了她丑陋的过去，但记忆是如此痛苦，她不得不用酒来淹没她的悲伤。他过去侵犯她，现在折磨她。当他离开监狱时，他对自己的"罪恶感"有了新的认识，"要不是他决心赎罪自新，他也不会发觉自己罪孽的深重……直到现在，这一切才暴露无遗，使人触目惊心。直到现在，他才看到他怎样摧残了这个女人的心灵，他也才懂得怎样伤害了她。以前聂赫留朵夫一直孤芳自赏，连自己的忏悔都很得意，如今他觉得这一切简直可怕"（托尔斯泰，2011b）[181]。他再也不能以自己的"悔改"来安慰自己，也不能保证自己所做的一切都会带来任何好处。玛丝洛娃醉酒后的爆发，揭示了她的愤怒和怨恨，也让他认识到自己其实是以自我为中心而寻求的救赎。显然，第二次两人的会面，已经由以救赎玛丝洛娃为主，转向了聂赫留朵夫自我的反思和心灵救赎。

聂赫留朵夫与玛丝洛娃第三次会面时，他开始进行救赎之旅的"新生的庄严而欢乐的心情"已经消失了，"他决定不再抛弃她，也没有改变同她结婚的决心，只要她愿意的话，然而现在这件事却使他感到痛苦和烦恼"（托尔斯泰，2011b）[211]。但玛丝洛娃平静而温顺地走到他跟前，对她上次会面的行为请求他的原谅。她仍然坚持他会离开她，并再次拒绝嫁给他。聂赫留朵夫虽仍然看到她脸上有一种"邪恶的表情"，觉得她的拒绝是"仇恨"的表现，是无法原谅他，但现在他也感觉到了一些"美好而重要的因素"。玛丝洛娃请求他原谅她醉酒的行为，这就恢复了聂赫留朵夫对她的信任。她告诉他不会再喝了，将在他为她安排的医院里工作。聂赫留朵夫相信，玛丝洛娃已经受到了影响，换了个人，从而"产生了一种崭新的感觉，那就是相信爱的力量是不可战胜的"（托尔斯泰，2011b）[213]。可见，第三次两人会面的情景已经发生了较大的变化，玛丝洛娃的精神开始复苏，聂赫留朵夫本人也因此产生了感觉上的一些变化。

小说的上半部分以相互原谅而告终。聂赫留朵夫和玛丝洛娃都认识到了自己的犯错，甚至是罪行，并要求得到理解和宽恕。他们的动机可能是值得怀疑的，他们的罪恶感也许是不确定的，他们对未来的决心还只是不确定的，但每一个人都向对方做出了一个姿态。他俩即使只是一瞬间，也不再把对方视为一个僵化的实体，即聂赫留朵夫心中"死去的女人"和玛丝洛娃眼中的"有钱人"。只要他们不再带有偏见评判对方，并能承认自我的罪过,他们就接近和解。小说的前半部分以一个明喻结尾,这个明喻宣称人类行为的"流动性","人好像河流,河水都一样,到处相同。但每一条河都是有的地方河身狭窄,水流湍急,有的地方河身宽阔,水流缓慢,有的地方河水清澈,有的地方河水浑浊,有的地方河水冰凉,有的地方河水温暖"(托尔斯泰,2011b)[211]。没有人是固定的一成不变的实体,没有人是绝对的好的或坏的,没有人是聪明的或愚蠢的。这些只是我们对人的判断,我们对别人的性格评估是基于我们可能根本不理解的行为。事实上,人是会改变的,因此总有希望和水在其中流动。事实上,他们在几次接触中,在自我与他者的对话中,从最初彼此不信任而给对方贴上含有偏见的标签,再到彼此误解与愤恨达到极点,再到最终因为本性中的友善而达到和解,这既是双方共同救赎灵魂的过程,也交织着聂赫留朵夫心灵的波动与流转过程。通过他人认识到自己曾犯下的罪是如此严重,并不是简单的良心发现,而是一个不断自我斗争、自我反思的过程,也是从沉睡到觉醒的一个深刻的回归运动。此时,聂赫留朵夫虽然对其和解使命的绝望已经被驱散,但他还没有理解悔改和救赎的真谛。

此后,在医院的会面,又再次让聂赫留朵夫的自我救赎陷入困惑。聂赫留朵夫去玛丝洛娃工作的医院探望,却得到她因跟医生勾搭而又被打发到监狱的消息。聂赫留朵夫感到既"羞耻"又"可笑",他本还以为玛丝洛娃的灵魂经历了变化。结果,她只是一个知道如何充分利用他的堕落女人。但他离开医院时,仍然认为自己的"良心要我牺牲自己的自由来赎罪。我要同她结婚,哪怕只是形式上的结婚",当他到达监狱时,"很想像上次那样对待她,但他不能像上次那样主动同她握手。此刻他对她反感极了"(托尔斯泰,2011b)[337]。在受到触犯的自尊心下,他恼火地看着她的眼泪,"在他的心里,恶与善,受到屈辱的自尊心与对这个受苦女人的怜悯,斗争得很激烈。结果后者占了上风……他对她越发怜悯，越发疼爱"（托尔斯泰，2011b）[339]。他离开监狱时，感觉到了自己"产生一种从未有过的快乐平静的心情，觉得一切人都很可爱……他的精神升华到空前的高度"（托尔斯泰，2011b）[339]。他相信，玛丝洛娃所做的一切都不能动摇这种"爱"——这一永恒的信仰。其实，聂赫留朵夫并不知道的是，玛丝洛娃医院里的事件只是诬陷，他却再次审判了她。聂赫留朵夫在对玛丝洛娃的"怜悯"中，仍然认为她是堕落的，不可救药的，他对他人的爱因他对他人的判断而存有缺陷。此时，聂赫留朵夫内心充满各种矛盾的心理活动，也给读者留下了无尽的思考空间，救赎的关键在哪里呢？是拯救自己，还是改造他人？若是不顾他人的灵魂状态如何，而一味地去爱，出发点无疑是利己的，是为了自我良心的满足；但若是试图改造他人，企图控制他人的灵魂，又是与"爱"的真理相违背的。

聂赫留朵夫自我觉醒的高潮出现在他开始西伯利亚之旅，在火车上的时候。囚犯们正在炎热的烈日下艰难地行进，接受着惩罚。聂赫留朵夫回忆起，一名囚犯因为没有力气继续走下去而离开人世，"最最可怕的是他被害死了，却没有人知道到底是谁把他害死的"（托尔斯泰，2011b）[383]，"谁也没有责任，可是人却给活活害死，而且归根到底是被那些对这些人的死毫无责任的人害死的"（托尔斯泰，2011b）[384]。和其他人一样，警卫只看到在自己看来是公正的东西，即"制度"，而忽视了基本的"人与人的关系"，即"对人的爱"的感觉。沉思之余，天空下起了雨，"大地万物似乎都涂了一层清漆，绿的更绿，黄的更黄，黑的更黑了……'再下，再下！'聂赫留朵夫望着好雨下生意盎然的田野、果园和菜园，不禁快乐地说"（托尔斯泰，2011b）[384]。伴随着雨水，聂赫留朵夫产生了新的认识和新的体验，认为像省长、典狱长、警察"这些人都是铁石心肠，对别人的苦难漠不关心，无非因为他们做了官。他们一旦做了官，心里就渗不进爱人的感情，就像石砌的地面渗不进雨水一样"（托尔斯泰，2011b）[384]。除非你得到"爱人类"的雨水，否则你就不会长出慈悲的绿树。那些人把不能当做真理的东西当作真理，却意识不到永恒不变的律法是"爱"。直到现在，聂赫留朵夫才开始意识到，法律的文字或教会里研究的救赎学说，都允许"把人当作物品看待"（托尔斯泰，2011b）[386]，但他现在同样相信，没有一种"规矩"能让人与人之间没有爱的交往，"就像对待蜜蜂不能不多加小心一样……因为人与人之间的友爱是人类生活的基本准则……只要你容忍自己不带爱心去对待人，就像昨天对待姐夫那样，那么，今天目睹的种种待人的残酷行为就会泛滥成灾，我这辈子亲身经历过的那种痛苦，也将无穷无尽"（托尔斯泰，2011b）[384]。

　　面对爱的绝对真理，聂赫留朵夫在与自我的对话中，意识到尽管人类社会已经铺上了无情的面纱，但春天和绿茵必然回归。聂赫留朵夫已经觉醒了。他看到，他或任何人的唯一罪恶就是爱的缺乏，他或任何人的唯一救赎就是现在就去爱。这场雨让聂赫留朵夫清醒起来，他因对这个困扰自己很久的问题，有了更清晰的认识而感到兴奋。他乘车前往西伯利亚，来到一个"新世界"和"新人民"之中，这是一次新发现之旅。他在雨中感悟到爱以及由此产生慈善行为。这种慈善行为释放出生命的突然喜悦和对大自然广阔的新感觉。当聂赫留朵夫再次见到玛丝洛娃时，又一次接近了爱的高峰，"现在，他不论想什么事，做什么事，总是满怀怜悯和同情，不仅对她一人，而且对一切人。这种感情打开了聂赫留朵夫心灵的闸门，使原先找不到出路的爱的洪流滚滚向前，奔向他所遇见的一切人"（托尔斯泰，2011b）[410]。

　　在通往爱的路上，聂赫留朵夫又遇到了障碍。一方面，他看到垂死的政治犯克雷里卓夫。他濒临死亡的情景，使聂赫留朵夫感到沉重而悲伤。另一方面，西蒙松告诉他决定与玛丝洛娃结婚。这让聂赫留朵夫感到，这"解除了他自愿承担的责任……西蒙松的求婚使他独特的高尚行为无法实现，使他的自我牺牲在他自己眼里和别人眼里降低了价值……他待在这里就没有必要，他就得重新考虑生活计划"（托尔斯泰，2011b)[446]。此时，聂赫留朵夫遇到了一个老流浪汉，他体现了托尔斯泰试图贯穿整个文本的"活的信仰"，即人类普遍性和人类精神性。当聂赫留朵夫问他为什么会有不同的信仰时，流浪汉回答说："世界上有各种信仰，就因为人都相信别人，不相信自己。我以前也相信过人，结果像走进原始森林一样迷了路。我完全迷失方向，再也找不到出路……各种信仰都夸自己好。其实他们都像瞎眼的狗崽子一样，在地上到处乱爬。信仰很多，可是灵魂只有一个。你也有，我也有，他也有"（托尔斯泰，2011b)[460]。流浪汉的话意味着：如果每个人都相信自己内心的灵魂，那么他们所有人都会结合在一起。让每个人都成为自己，所有人都将成为一个人。作为他自己，每个人都可以将真理铭刻在心中，不受一个群体对另一个群体的教条的束缚。老流浪汉接着向聂赫留朵夫解释说："当权者问起他的名字时，他说他除了人类没有名字；当他们问他的年龄，他回答说，他从来不数，因为他过去、现在、将来永远存在；当被问及他的父母时，他声称大地是父母；当被问到是否承认沙皇时，他回答说自己就是沙皇"（托尔斯泰，2011b)[406]。他称自己为人类的名字，包括所有关于他的年龄、父母等的说法，承认自己是一个人，不向任何人下拜，却是众人的仆人，因为他是真理的仆人。老流浪汉表达了无条件的排他性和无条件的包容性的哲学思想。生命中没有一个特征是绝对重要的，但生命的方方面面都包含在与精神的关系中，那就是与真理的关系。因此，托尔斯泰"活的信仰"的任务，就是成为我自己一个人，这成为"爱"的真理的表达。在自我与"爱"的真理结合在一起的驱动中，存在着救赎的动力。一开始，聂赫留朵夫把他的爱献给玛丝洛娃，"不是为了他自己，而是为了她和信仰"（托尔斯泰，2011b)[110]。一开始他就是要在信仰面前表现爱，在他者面前表现爱。最终，在与"爱"的同一的过程中回归自我。

当然，聂赫留朵夫还是不能完全理解与"爱"的真理同一，因为他仍然想要像一个普通人那样"活着",也就是说他想要"家庭、孩子,要过人的生活"(托尔斯泰,2011b)[473]。他又一次去找玛丝洛娃,希望这是他解决"生活"欲望的方式,但玛丝洛娃不理解他的思维方式,回绝道:"原谅我。"聂赫留朵夫感到非常失望,灵魂上得救的玛丝洛娃不再需要他,他身心疲惫而无法入睡,在经历了一夜的思考和阅读,并与被赋予真理思想的自我进行对话之后,他现在明白了简单的、确定的真理,就是当人们看到"要克服使人们饱受苦难的骇人听闻的罪恶,唯一可靠的办法,就是……承认自己总是有罪的,因此既不该惩罚别人,也无法纠正别人"(托尔斯泰,2011b)[486],他试图让卡秋莎复活,与对罪犯的惩罚没有本质区别。两者都源于对他人的自私判断。他现在知道了,"世上没有无罪的人",人们唯一能做的就是"要永远饶恕一切人,要无数次地饶恕人,因为世界上没有一个无罪的人,可以惩罚或者纠正别人"(托尔斯泰,2011b)[486]。有了这种新的宽恕意识,聂赫留朵夫认清了他的忏悔和救赎的任务,并准备重新开始他的使命,永远与所有人和解。

值得一提的是,聂赫留朵夫的救赎历程与安娜·卡列尼娜的恰恰相反。正如我们所看到的,安娜的故事是一个隐藏并逐渐冒犯人际关系的过程。她甚至都否认自己有罪,她不但没有原谅,反而怨恨并报复。最后,她没有得到救赎,而是最终选择了卧轨自杀。而聂赫留朵夫却一直在寻求救赎。他得以拯救,不是因为他更值得,而是因为他努力被拯救。他从开始认为罪是一种过去的行为,一种他觉得可以纠正的对爱的单一、个别的侵犯,到后来他醒悟,在非正义的制度中,人与人之间的关系被破坏。为了让他的灵魂得以拯救,他必须在这个不公正的世界里参与救赎,而不是通过补偿过去的一些行为,也不是通过改变他人,更不是通过审判他周围的不公正的世界。可以说,在"我—他""我—我"的对话中,聂赫留朵夫从利己主义的救赎,到重新认识玛丝洛娃的"美",再到理解"爱人类"的绝对真理,再到感知"爱"的真理的无条件和包容性，最终再回归自我。

　　主人公聂赫留朵夫就这样不停地穿越思想的界限，不断转换观念，经受着心灵的激荡和洗礼。也正因为如此，读者可以在他心理活动的否定之否定运动轨迹中，在原有的价值观念与新的价值观的碰撞交流中，不断地解读出新的意义。这也就形成了聂赫留朵夫这一形象的意义再生机制。

第五章

丰富的人生履历：符号圈的跨界穿行

第五章 丰富的人生履历：符号圈的跨界穿行

在以上三章中，本书借助于洛特曼符号圈的不匀质性、界限性及对话机制等理论，探讨了托尔斯泰思想观念的演化，如何产生了三部长篇小说不同形式的意义再生机制。洛特曼提出："从文本到文化再到符号圈，意义可以在每一个层次上生成，这是一个层层递进的过程，是从最简单的生成过程到最复杂的生成过程。而把一个客体独立出来进行研究之后，最终还要再把它放回整体符号空间当中去"（康澄，2006）[33]。信息的发出者、接收者以及以传输通道组成的自足的单道系统，只是处理简单的信息传递，要完成复杂信息的系统处理，就必须让信息进入更广阔的符号空间中，即进入符号圈中参与符号空间中各要素的交流，并在相互作用中促使信息意义不断完善。因此，对托尔斯泰三部长篇小说的意义再生机制研究还应该放置到更大的符号空间当中，即符号圈。这一符号圈从历时性上说，主要就是托尔斯泰本人的生活经历和历史演变过程；从共时性上看，则是托尔斯泰所处的社会现实生活和文化语境。而且，这一宏观的符号圈内还交织着各个不同的符号圈，例如文化符号圈、哲学思想符号圈、身份符号圈、生活符号圈，而生活符号圈又包含着上流社会圈与底层生活圈，哲学思想符号圈内也存在着各种不同哲学观的符号圈等等。托尔斯泰的创作艺术正是形成于这些符号圈的不断穿越之间。

在本章中，本研究将把托尔斯泰及其作品放到符号圈中去进行分析探讨，分析其如何在符号圈中实现界限的穿越。"界限"是符号圈中最重要、最基本的特征之一，它是符号圈被研究关注的焦点。如前文提到的，整个符号圈处于连续不断变化之中，经常改变着自己的内在结构。无论是托尔斯泰本人，还是他笔下的作品，都在符号圈之间不断地进行着跨界穿行，只有在符号圈中深入分析这位伟大作家丰富的人生履历与其创作本身的联系，揭示现实生活与创作世界的重叠交错，才能更加深入地挖掘出其三部曲在意义再生机制上变迁的原因。

第一节
从贵族走向平民化

托尔斯泰对自己的一生做过多种划分，其中有一种是在他晚年时把自己的一生划分为三个时期：（1）三十四岁之前只为自己的吃喝、狩猎、虚荣等各种欲望活着；（2）之后开始关注他人和人类的福利，但这种关注在婚姻初期一度沉寂；（3）最后一个时期，处在"为人们谋福的愿望，以及为天国得以实现的活动之中"（布宁，2000）。可见，托尔斯泰的一生在经历着身份、信仰、文化符号圈的越界。他人生的前两个阶段，也就是19世纪60年代初和索菲亚·安德烈耶夫娜·别尔斯婚后的最初十年，他享受着贵族生活，他无疑是处于贵族身份符号圈的中心。

出身于贵族地主家庭的托尔斯泰，从儿时就对俄国地主庄园的生活方式由衷热爱，而且时常表露出对亚斯纳亚·波良纳庄园生活的眷恋之情。这座庄园给他的生活与创作带来了不可磨灭的影响。与其他出身于贵族地主家庭的作家一样，托尔斯泰也受过典型的西欧式高等教育，甚至在接受西方贵族精神熏陶方面，比其他人更深。可是，托尔斯泰却始终离不开他的亚斯纳亚·波良纳。只有在那儿，他才可以把对大自然风光和恬静的乡居生活的热爱，与适合他的高度文明教养的精神所需要的生活结合起来。显然，托尔斯泰的生活本身就是在俄罗斯地主庄园生活符号圈与西方贵族式的生活符号圈之间穿越。这位伯爵身上交织着两种不同文明的修养，其创作也散发出两种文明的气息，从而魅力无限。

在亚斯纳亚·波良纳庄园周围环绕着贫苦的农村，欧化的贵族养尊处优的生活与农民的贫苦生活形成反差，这使得托尔斯泰的良知随着年龄的增长日益苏醒。无论是日常生活还是在创作上，从《一个地主的早晨》到《安娜·卡列尼娜》，他都在试图解决地主的富裕与农民贫困之间的矛盾，希望能既保住地主的利益，又能使农民得到温饱。可以说，早年的托尔斯泰已初步地在对自然生活、资产阶级文明以及面对自己良知的不同情感之间穿越。

总体来说，19世纪60年代初之前，也是他婚姻最初的十年之前，托尔斯泰主要是生活在上层社会的中心，沉浸在尘世的幸福之中。也就是在这一时期，他全身心地投入创作《战争与和平》之中。处在新婚燕尔中的托尔斯泰崇尚自然力量，信仰的是左右人们命运的外在的绝对自然真理。这就使《战争与和平》一方面在风格上呈现出了史诗般的规模和磅礴的气势，并围绕六位主人公展现了六种不同的人生道路。托尔斯泰在描绘庄园地主家庭生活情景时，在作家的生花妙笔下，生活显得美好而富有诗意。以罗斯托夫这一家为例，作品中既反映了一般贵族过着西欧式的文明生活，也反映了他们在生活和作风上还保存了淳朴的古风。小女儿天真的嬉戏、老爷们的宴乐行猎、青年男女在节日前夕化妆出行的种种场面，到处都充满了欢乐，生机盎然。另一方面，小说在艺术形式上，最显著的特征就是表现出较强的时间性，人物都是在漫长的时间流逝中，经历着心灵的变化，从而使文本在现在与过去、现在与未来、过去与未来的心灵对话与碰撞中，不断展示出自身性格的复杂性、丰富性。小说人物性格的可阐释空间、文本的意义再生机制也由此形成。

在19世纪70年代以后，托尔斯泰逐渐将自己从上层社会符号圈的中心推向了边缘，他在地主与农民的矛盾之间越来越偏向于后者，最终走上了平民化的道路。这一穿越界限的活动始于创作《安娜·卡列尼娜》的过程之中。谈到托尔斯泰此时的思想激变，人们总是提到1869年的阿尔扎马斯之夜，托尔斯泰突然看见了死亡，莫名地走进了"最后审判"之中，对所处的"共同世界"产生了怀疑，"我在阿尔扎马斯过夜，突然产生了异乎寻常的念头。夜里两点钟，我苦恼、害怕、恐惧起来，这是我从未有过的感受"（舍斯托夫，1989），吴泽霖教授评价说，其象征性的意义在于"托尔斯泰将自己逐出那个越来越认识到'全是虚伪,全是谎言,全是欺骗,全是罪恶'的'共同世界'"(吴泽霖,2000)[51]。舍斯托夫也认为,面对日益加剧的社会危机,贵族阶级的那个"共同世界"中的理性,再也不能为托尔斯泰的精神探索指明道路了。庄园四周农民的贫苦状况折磨着他的良心,使他再也不能心安理得地享受家庭幸福。在一次次类似于阿尔扎马斯之夜的追问下,托尔斯泰也曾产生过摆脱所有人和自己"地主"身份的念头,就像列文一样,一个有了家庭应该幸福的人,却好几次濒于自杀的境地。贵族身份带来的奢侈放纵的生活与他所探求的高尚道德形成的巨大反差,使得托尔斯泰不仅在现实中进行着身份的跨界穿行,开始亲自参加体力劳动,成为素食主义者,并尝试解放自己的农奴。这位伯爵更是深入到信仰的文化空间,试图从外在绝对自然真理走向内在,他在进入到一个新的文化空间时,不断地与空间的异质元素进行碰撞、对话。这些碰撞和对话也使他的作品《安娜·卡列尼娜》在文本空间上,特别是情感变化上充斥着异质因素。

到了19世纪80年代初,托尔斯泰的"良心"在这场斗争中取得了胜利。他的世界观发生了"突变",他彻底从贵族生活圈的中心走向边缘。在物质上,他宣布放弃财产,否定了自己一贯热爱的庄园地主生活,并开始在自己的日常生活中逐步平民化——穿农民式的宽短衫、实行素食、从事一些体力劳动等等。同时,他对于原本处于生活圈中心的贵族地主身份的揭露和攻击,愈来愈猛烈和无情,甚至在一定程度上成为千百万农民的代言人。其实,在最初创作《复活》时,托尔斯泰十易其稿,他一开始是想以贵族聂赫留朵夫为中心开头,以其"自我完善"为主线,但他实在写不下去,陷入了创作的困境。直到1885年,当他想到要写聂赫留朵夫去农村的背景时,他才豁然开朗,将小说开头改成从玛丝洛娃(卡秋莎)在法庭上被审判开始。同时,小说的主线也发生了一定程度上的转变,以围绕玛丝洛娃案件展开的"批判社会""为民伸冤"为主线。因此,小说中也出现了大量描写人民的情节。

当然，为了彻底完成贵族生活圈的穿越，使自己在新的生活圈里找到位置，他的视野远远超越了农民的狭隘范围，他关心整个人类的命运。他所否定的并不仅仅是地主的土地私有制，而是一切私有制财产，包括他自己从事脑力劳动所获得的著作版权。在思想上，他博览群书，广泛研究古往今来国内外各家各派的哲学，创立了被后人称为托尔斯泰主义的道德学说，主张勿以暴力抵抗邪恶，要实现道德自我完善，以博爱精神来达到全人类平等友爱的目的。然而，就在他不断穿越界限，宣传自己的"托尔斯泰主义"时，他作品的艺术性也招致了一些国内外作家、研究者的责难。罗曼·罗兰认为《复活》中"缺乏客观真实性的唯一人物却是聂赫留朵夫，这是因为托尔斯泰把自己的思想寄托在他身上……第三部分严格现实主义的观察中，硬凑上不必要的宣传道德学说的结论，这是作者个人的信仰的表现，并不是从所观察的生活中合乎逻辑地得出的"（陈燊，1983）[64-65]。

事实上，在不同符号圈中不断跨界的托尔斯泰，在最后的人生阶段中，站在了更高的层面，看到的是整个人类社会的危机，而不是仅关注个人的心灵变化，"作家不再用很长的篇幅来突出描绘一种思想感情演变成另一种思想感情的错综复杂的过程，而是往往直接揭示出人物心灵的转折和剧变"（张杰，2007）[286]。当意识到自己诱奸卡秋莎的行径造成的恶劣后果后，聂赫留朵夫心理上发生了剧变，他自我反思后"把整个圆圈扩大到众亲友，再把否定的波浪扩大到整个贵族阶层，以至于整个社会制度"（张杰，2007）[288]。因此，在创作长篇小说《复活》时，托尔斯泰心理描写艺术发生了重大变化，侧重于展示人物心理复杂的漫长变化过程，即"心灵辩证法"。他转向了对人物心理转折或心理剧变的直接揭示，即心理活动的"涟式反应"。这种心理活动就如同一块石头扔进了本来宁静的湖面，水面上立即泛起圈圈涟漪。正是这种变化展示了人物丰富的心理活动，形成了《复活》独特的文本意义再生机制。

从贵族阶级走向平民，对于托尔斯泰来说，物质生活过得清苦一点,并不是太大的难事。可是,如果据此以为他可以轻松地毁灭自己无比丰富的精神世界、抹杀自己的文明教养,在现实中去过他自己所主张的苦行僧式的、没有任何精神享受的日子,无异于是在痴人说梦。正如,我们不敢相信皮埃尔会为了在绝对真理面前的"无我",而过普拉东般的生活;不敢相信列文会为了民族传统信仰,而过着农民般的生活;不敢相信聂赫留朵夫会从流浪汉的话中获得启示,去过流浪汉般的生活。在精神上,从符号圈的中心走上边缘,再试图走向另一个中心,对于托尔斯泰无疑是痛苦的渐进过程,这也促使了他一生的创作是一个变化的、"爆炸"的过程,也就有了三部因内容与形式各异而"说不尽"的经典著作,和说不尽的"托尔斯泰"。现实与理想的差异一直折磨着托尔斯泰,在其最后的人生阶段可谓达到了极点,可以说在精神上,他早就是个殉道者了,而他的出走与死亡只不过给他的殉道行为增添了一层悲剧色彩而已。

第二节
从卢梭到叔本华:自然良知与自由意志

托尔斯泰在早年时期就推崇卢梭,这里有很大一部分原因是他认可卢梭对文明生活的抨击。他们都对文明的虚伪感到厌恶,都试图揭示人们在现实社会中丑恶的真实面目,因为这种虚伪感让整个人类变得异化和不和谐。在1852年的日记里,托尔斯泰讨论了文明人的虚伪,并对虚荣心进行了抨击,"好虚荣是一种莫名其妙的癖好,是像饥馑、蝗灾、战争等瘟疫一样的灾祸,上天用来惩罚人类。这种癖好的根源无法探明。然而使它得到发展的原因是无所事事,无所用心,不愁衣食,穷奢极侈"(托尔斯泰,2010a)[25]。

他们都认为解决虚荣心的办法就是要保持人们内在灵魂的"统一性"。卢梭认为,灵魂的统一性,一方面是出于对自我的爱而维护生命的统一性,另一方面是不受外界影响。因为一旦接触到外界复杂的种种,往往就会削弱自我灵魂的完整性或统一性。在卢梭的影响下,托尔斯泰年轻时也在日记中指出,"人生的目的是尽一切可能促使存在着的东西得到全面的发展"(托尔斯泰,2010a)[5],同时他也注意避免由于培养了一个能力而损害另一个能力,就像他在《战争与和平》中强调的作为个体的"原子",就是抛开自己的社会性,远离人群;因为正是与人的接触,才会促使人们的虚荣心作祟,更关心别人对他的看法,从而迷失了自己。

但在"真善美"上,作为哲学家的卢梭更多关注的是"真",他不评价人心的好坏,要达到"统一性"就是要维持自我的"真",维持自我的独立性就好了。而倾向于道德家的托尔斯泰往往爱"善"胜于"真"。他一面对虚荣心进行否定,另一方面认为有些虚荣心完全是出于自爱,所以就不能提供一种绝对的道德原则来遏制这种与生俱来的虚荣心。而且,一旦彻底否定虚荣心,也会影响到托尔斯泰在早期一直强调的"自我奋斗"。年轻时他在日记中强调,"人生的目的是什么……人生的目的是尽一切可能促使一切存在着的东西得到全面发展"(托尔斯泰,2010a)[19]。理查德·古斯塔夫森(Richard F. Gustafson)认为托尔斯泰早期表现出来的自我奋斗是一种成长的倾向,是一种"纯粹的、无目标的扩张性,一种无形的能量、活力或性欲"(Gustafson,1986)[224]。抛开欲望本身,人们应该注重自我膨胀,因为活着就是运动,就是要让自我灵魂进行扩展,变得有价值。因此,既要保持灵魂的统一性,又要实现灵魂的扩张,这无疑是矛盾的。

那么究竟如何解决人类的虚荣心问题,这让托尔斯泰陷入了矛盾。但在1852年,他在卢梭的著作《爱弥儿》中得到启发,托尔斯泰对书中提到的为"良心"的辩护大为触动:"良心呀!良心!你是圣洁的本能……是你在妥妥当当地引导一个虽然是蒙昧无知然而是聪明和自由的人,是你在不差不错地判断善恶……是你使人的天性善良和行为合乎道德"（卢梭，2007）[422]。在反复阅读后，托尔斯泰认为"良心"为个体提供了所需要的一切道德指导。

对于如何看待"良心"的问题，托尔斯泰在阅读了《爱弥儿》的基础上，又产生了自己的观点。卢梭认为良心是情感与理性相互关系的产物，对他人的爱是在对自我的爱的过程中以共情的力量衍生出来的，卢梭更加强调的是个体独立性。托尔斯泰却认为人与生俱来既爱他人也爱自己，也就是说良心是二元的，"良心之所以能激励人，正是因为存在着这样一种根据对自己和对同类的双重关系而形成的一系列的道德"（卢梭，2007）[417]。一方面，托尔斯泰认为良心是一种情感，它可以是人类首要的，不需要理性的存在而被感知。另一方面，他也认为这种情感也与理性合作。"知道善，并不等于爱善；人并不是生来就知道善的，但是一旦他的理智使他认识到了善，他的良心就会使他爱善；我们的这种情感是得自天赋的"（卢梭，2007）[417]。也就是说，良心就像对人们灵魂中的一种本能，又通过与理性的结合去接触形而上的真理。正如托尔斯泰在1851年对人类理性的假定所说的那样，"天道可知。上天是理性的源泉，而理性要求了解它"（托尔斯泰，2010a）[17]……由此，年轻时期的托尔斯泰尝试把理性和情感结合在一个神圣的存在中，以"良知"实现一种道德完美。

那么这里要追求的"天道""形而上的真理"又是何含义，托尔斯泰同样受到了卢梭的启发，在《爱弥儿》开头几段中有强调，教育的全部目的是维护公民社会中人的自然完整性或统一性，由此可以解决文明人的不团结和异化问题。托尔斯泰在自己的文章中表达了"谁应该教谁写作：是农民的孩子向我们，还是我们向他们学习"这样的思想，认可了卢梭的一些思想认为："人完美地降生——这是卢梭所说的一句至理名言，乃是像磐石一样坚固的真理。人一旦降生，就成为真善美和谐的一个原型。然而生活中每时每刻，他降生时所处的那种完美和谐的关系不断扩大其时空与数量，而每向前走一步，这种和谐都有被破坏的危险，此后每走一步，每一个时刻，都会有遭到破坏的新危险，而使人丧失希望去重建这被破坏的和谐……我们的理想在后面，而不是在我们前面"（托尔斯泰，2019）[29-31]。也就是说，所要了解的"天道"，就是要以"良知"的力量回到生命的最初，那种"真善美"心灵统一的自然状态。

就像在《战争与和平》中一样，心灵统一是小说中各个人物思想探索的目标之一，这种统一是自然的，只需要恢复我们最初的状态。尤其像大智若愚的皮埃尔一样，在情感与理性的相互作用下，体悟着"爱他人""爱自我"的自然真谛。因此，总体而言，托尔斯泰一方面借鉴了卢梭对"统一性"的强调；另一方面也认为"良知"是二元的，它是自然的，既包含爱自己，也包含爱他人。在追求个人的幸福的同时，还要顾及周围的他者。也就是说，对"良心"的感知，产生于"良心"的自然扩张性和自然理性的结合。

这也在一定程度上解释了托尔斯泰为什么从一开始的创作就对大自然极度关注，比如在他早期创作的《塞瓦斯托波尔故事》《哥萨克》等作品中，都有人物在自然中体悟绝对真理的情节，在这些作品中往往都会表现出人类生活中的物质性与自然的和谐格格不入。作家在小说中以良心作为内在声音，让人们与自然相连接，将和谐的自然本身与人类外在的混乱生活形成对比。事实上，前文的分析可以看出对自然的重视是穿插在托尔斯泰的整个创作生涯中的，不管是《战争与和平》中皮埃尔、安德烈、尼古拉等人物在大自然中获得一定的顿悟，还是《安娜·卡列尼娜》中列文几次在大自然中寻找人生的答案，抑或是《复活》中"自然"世界与"监狱"世界所形成的强烈对比。可见，卢梭的自然观给托尔斯泰留下了深刻的影响，但托尔斯泰并未照样吸收卢梭的思想，卢梭是以他的自然观来强调人是独立的个体，认为人生而自由。托尔斯泰更多的是在大自然中，寻求更高层次的绝对真理。由此，托尔斯泰同卢梭的思想摩擦出了新的火花，在对话与质疑中不断产生出新的意义。

1869年夏天，托尔斯泰阅读了叔本华所有的作品。这年夏末，他给费特写信，兴奋地说，"读着叔本华的书，我兴奋不已，体验着从未有过的种种精神享受。他的著作我全作了摘记，读了又读……我不知以后会不会改变看法，不过现在我相信，叔本华是人类最伟大的天才之一……我在开始翻译他的著作"（吴泽霖，2000）[46]。可以说，叔本华哲学思想改变了托尔斯泰在19世纪70年代的思想，也一定程度上影响了《安娜·卡列尼娜》的创作。托尔斯泰之所以能与叔本华产生共鸣，主要是因为他们都是形而上学的唯心主义者，而且他认为"终极的现实与意志有关，而不是理性"。正如1869年托尔斯泰在《战争与和平》第二篇结语中关于决定论和意志自由关系的论述中所言，他和叔本华一样，既承认物质世界中存在决定论，又坚决捍卫精神世界中自由意志的可能性。

叔本华的哲学思想帮助托尔斯泰解决了他早期思想中自由与必然性关系问题。叔本华认为世界是我的表象，即我们所看到的世界只是一个表象的世界，而这个表象的世界背后其实还有一个更本质、更底层的意志世界。这里的"意志"并非我们常说的一个人要有"坚强"的意志里的"意志"，而是指现象背后的本质，即源动力。托尔斯泰认同了叔本华关于自由意志的概念体系，并提出了关于自由和必然性的论点。这些思想在一定程度上阻碍着托尔斯泰如何评判神圣理性的比如"良心"的地位，"良心"在《战争与和平》中塑造了个人的生命，被赋予了生命以意义，但在《安娜·卡列尼娜》中，托尔斯泰却更加注重人物内在心灵意志的刻画。

然而，叔本华另一方面却又强调生存意志作为一个整体，具有牺牲个人道德功能。他认为，对个人幸福的自然渴望是自私和罪恶的，因此必须要被放弃，甚至可以以自杀的方式达到这一点。在叔本华看来，每个物体包括无机物都有它的意志，而这种意志在人身上表现出来则可能就是"欲望"，正如叔本华在讨论人类本质时说道："欲求和挣扎是人的全部本质……但是一切欲求的基地却是需要、缺陷，也就是痛苦；所以，人从来就是痛苦的，由于他的本质就是落在痛苦的手心里的。如果相反，人因为他易于获得的满足随即消除了他的可欲之物而缺少了欲求的对象，那么，可怕的空虚和无聊就会袭击他……所以人生是在痛苦和无聊之间像钟摆一样来回摆动着"（叔本华，2018）。也就是说，人生就是一团欲望，欲望得不到满足就痛苦，欲望得到满足就无聊，人生就像钟摆一样在痛苦与无聊之间摇摆。所以，与托尔斯泰和卢梭不同，叔本华认为人天生就是不完美的。卢梭要是按照叔本华的逻辑，应该是人天生是膨胀的，没有统一性的。叔本华并不认为人性的扩张是道德或合理的。屠杀生命的战争背后不可能有神圣的目的，人天生有罪，因为他想以牺牲同伴为代价，实现最大限度地扩张。

由此，叔本华认为无欲才是人生最根本的目的，从而把道德置于更坚实的基础上。在叔本华看来，欲望是人生痛苦的来源，所以要摆脱痛苦就是要摒弃欲望，只有真正禁止一切的欲望，断绝与世界任何的迷恋才能走进超然的状态，让自己和世界真正融合在一起，从而获得人生永恒的宁静与解脱。在此影响下，托尔斯泰认为，我们是意志的产物，所以我们可以选择自己的生活准则，我们可以对我们的行为负责，让自己变得有道德。叔本华认为我们通过意志可以脱离自然的自我，脱离这个原本充满"欲望"的自我。

不同于之前接触到的卢梭的乐观主义，在接受了叔本华的观点以后，尤其是叔本华以人们不可救药的自私与罪恶为核心对人的生活进行抨击的部分，托尔斯泰无疑在精神上遭遇了前所未有的冲击。1869年秋天著名的阿尔扎马斯事件，表明叔本华的思想已经开始对托尔斯泰的思想产生了一定的影响。托尔斯泰在一篇名为《疯人日记》的未完成的故事中，详细描述了这场恐怖事件。该小说始于1884年，出版于1912年。在故事中，托尔斯泰以第一人称叙述，说自己正在奔萨省购买一处房产。他从马车里打瞌睡中醒来，不明白自己为什么要走这条路。他突然害怕死在路上。后来，在阿尔扎马斯，在一个白色和方形的酒店房间里，一扇小小的红色窗帘框住了孤独的窗户，恐怖压倒了他。伴随而来的是一种接近死亡的感觉，它使生命的所有活动变得毫无意义。显然，托尔斯泰失去了对生活有意义的信心，真正的问题不是害怕面临肉体死亡的挑战，而是那种人生毫无意义的感觉。

这次精神危机之后，托尔斯泰的自然观也发生了变化。早期的托尔斯泰受到卢梭的影响，把世界视为"我们感官经验的精神表征，认为我们通过感官体验自然，但我们所经历的与自然界中真实的东西相对应"（Gustafson，1986）[226]。在《战争与和平》中，田园式的生活有着一定的重要性。罗斯托夫一家享受着自然的美好，他们狩猎、探讨哲学、创作音乐、享受爱情、庆祝圣诞节；还有过着闲散生活的远房叔叔，他爱自己，也对周围邻居们履行着义务，他的良知得到了满足。但在《安娜·卡列尼娜》及其后续作品的创作中，因为接受了叔本华对灵魂唯意志论激进解释，托尔斯泰的自然观发生了变化。若是按照《战争与和平》小说中的思想内涵，我们会把安娜的堕落归因于她所生活的虚假的彼得堡世界，但在《安娜·卡列尼娜》中，我们无法忽视的是安娜那种内在的、过度的自然活力，可以说正是自由意志最终压倒了安娜的良知，成为导致她最终悲剧的直接原因。在《安娜·卡列尼娜》中，托尔斯泰不再去赞美那种田园诗般的自然情怀，而是接受了生命是不断运动的观念，小说在描写人们按照自然节奏生活的同时，充斥着特殊的、永不满足的自由意志。相比之下，在叔本华哲学的影响下，《安娜·卡列尼娜》蕴含着悲凉的基调，比如列文往往觉得他的生活没有意义，陷入苦恼之中。

同时，在叔本华影响下，托尔斯泰不再相信人与自然和谐相处的可能。如学者所言："自然的必要性通过提醒人类死亡来保持它使人类变得更好的功能，但是大自然本身并没有像皮埃尔在被俘房监禁期间所做的那样，在人类身上简单地转化为一种道德'准备就绪'的感觉"

(Morson，1987)[230]。在《战争与和平》中，库图佐夫或是皮埃尔，可以或多或少地体悟到神的旨意。但在读了叔本华之后，托尔斯泰对人性的理解不再那么乐观，不再相信人们只要通过"良知"的觉醒，就能实现与自然的和谐统一。就像在《安娜·卡列尼娜》中，列文在干草堆里两次仰望夜空场景中，他想在自然中寻求人生的答案却没有任何头绪。第一次是在他决定放弃贵族家庭生活想成为一个农民之后："多美呀！"他仰望天空，凝视着那奇异的珍珠母壳般的朵朵白云，想："在这美好的夜晚一切都是多么美好哇！这种珍珠母壳是什么时候形成的？刚才我望望天空，那里还什么都没有，我对人生的看法就是这样不知不觉地改变的"（托尔斯泰，2011a)[324]！之后，他第二次抬起头来："他望望天空，满心希望再看到他刚才欣赏过的珍珠母壳般的云朵，因为这朵云象征着他今天夜里的全部思想和感情。天空中再没有像珍珠母壳一般的东西了。那边，在那高不可攀的空中发生了神秘的变化。珍珠母壳的痕迹也消失了，半边天空像铺着地毯一般，浮动着越来越小的云朵。天空变得蔚蓝而明朗了，但带着同样的温柔和同样的冷漠来回答他询问的目光"（托尔斯泰，2011a)[325]。天空中发生的一切与列文的处境似乎没有实际的联系，母壳般的云朵似乎变幻莫测、无法捉摸，大自然不可接近与列文的主观感受格格不入，让人觉得我们根本无法真正体悟自然，一切都是我们一厢情愿地凭借想象力赋予它意义而已。

可以说，在叔本华的影响下，托尔斯泰逐渐背离了早期所接受的"良心"学说。在《战争与和平》中，人与自然可以通过"良心"实现统一；在《安娜·卡列尼娜》中，个体不再是完美的存在，道德完美与自然"生命力"相冲突。但不同于叔本华的悲观主义，托尔斯泰仍旧是乐观主义者，他不愿接受叔本华的禁欲主义，不希望同叔本华一样把道德置于"美"之上。如果说叔本华是对生命意志的否定，活着就是要摆脱欲望，那么托尔斯泰则另辟蹊径，强调了人类意识的自主性。在《安娜·卡列尼娜》中，托尔斯泰一方面并未否定生命本身与道德有关，并认为生命存在于善与恶的相互作用中；另一方面则将"美"而非"善"视为生命的本质，虽然安娜在道德层面是受争议的，但她在自由意识作用下进行的"欲望"与"善的法则"之间的斗争，就赋予了她的人格独特的魅力。安娜之所以能够超越时代被不同的读者所讨论，并不是因为她被贴上了"有罪"的标签，我们当然需要"善的法则"，这本身就赋予了生命以意义，但有时候"善行"和"恶行"都不是绝对的，安娜的"恶行"交织着"善行"的召唤，她的"善行"又被"恶行"所撕扯，这种"自由选择"与"撕扯"更深地揭示了生命的本质，即人是需要自由的，人们有选择善恶的自由。我们可以自由地做我们想做的事，不管是好的还是坏的，作为有自我意识的人，我们可以自由地选择"爱"，在这一层次上，安娜的魅力才得以被揭示。

从卢梭到叔本华，从悟到自然神圣理性的"良知"到唯意志论，从"人生而完美"到"生命就是一团欲望"，从"人生而自由，却无所不在枷锁"中，到"人生就是在无聊和痛苦之间摇摆"，托尔斯泰在不同的思想中进行着越界穿行，在遇到新的思想时，不断地与新的异质元素进行着碰撞与对话，并在这些碰撞与对话中不断地产生出了新的意义，也造就了托尔斯泰的多元而复杂的艺术生命。

第三节
科学与艺术

上文提到托尔斯泰在卢梭与叔本华的哲学思想中不断进行碰撞与对话，穿越了哲学与艺术的界限，但作家还穿越了科学与艺术的界限。19世纪60年代，科学研究在俄罗斯不再边缘化，托尔斯泰同样也受到了科学的影响，在《战争与和平》的第二篇结语中，为了证明自然统一性的思想，他使用了重力、电、化学亲和力、惯性、动物力等科学概念，说明这些自然界的力与个人自由意志的存在是同等的："自然生命力存在于我们之外，不为我们所认识，我们把这些力叫作引力、惯性、电力、畜力，等等；但人的生命力是知道的，我们把它叫作自由……人的自由意志与其他任何力不同，在于人能认识自由意志，但在理性看来，它同任何其他力并无区别"（托尔斯泰，2007）[1232]。我们所说的自由意志与其他自由意志不同的地方在于我们直接地、通过意识而不是理性了解它；但在理性层面上，"自由意志"是与其他力量一样的，是客观存在的，不需要因果律来解释。正是因为"自由意识"是人类存在的必要条件，物理层面的一切力量也都是生命的本质，所以在这个层面上，人与自然是可以统一在一起的。此外，托尔斯泰还对焦耳关于热和机械功的定量等价性研究特别感兴趣，他在 1872 年的日记中宣称，太阳是所有能量的来源，所有能量甚至包括重力都是温暖和热。在 1875 年写的一段哲学片段中，他写道，一切事物都要服从"物质守恒定律、力守恒定律及其相互作用"（托尔斯泰，2007）[1232]。

除此之外，为了试图肯定人的"统一性"以及一个受神圣法则支配的和谐世界的存在，托尔斯泰还借鉴了 19 世纪流行于科学世界的"原子论"。在《战争与和平》中，就有这样的句子："太阳和太空的每个原子本身都是球体，同时又是大得人类无法理解的那个整体中的一个原子。同样，每个人都有自己的目的，而这种目的又是为那些人类无法理解的总目的服务的"（托尔斯泰，2007）[1158]。从字面意义上讲，民族的运动是一种被视为原子的个人，进入具有联结力量的国家中。作为个体，在每一时刻都会受到不同的因素和自我无意识的影响，且他们要根据自身需要做出明智或愚蠢的选择，但这些选择与支配历史的规律往往没有直接的联系。但从宏观意义上说，人们又是受到自然规律的影响，就像《战争与和平》中的每个人物，就是一个个原子，他们可以在人生的轨迹中自由地做出一个个选择，但总体上又处在一个被确定的世界里，自己一定程度上又被这个世界所决定。

但在 19 世纪 70 年代，托尔斯泰在与好友斯特拉霍夫的交流中，意识到自然科学关注的是自然的外部世界，是思想或精神之外的事物，"原子论"所基于的哲学思想，是把事物的外观，连同它的两种形式时间和空间作为唯一的现实。这不同于托尔斯泰从叔本华那里读到的，叔本华将外在世界与事物内在、物理的形而下与思想的形而上学进行区别。他写道，"物理解释总是以原因为依据，形而上学总是以意志为依据……人体既有物理解释，又在形而上学上被理解为意志的客观化"。虽然我们的意志所认识到的是主观的，但叔本华认为，这种主观认识是真实的，而且是形而上学的基础。所以在此之后，托尔斯泰不再把自我想象成"原子"了，因为这一概念更多的是强调了客观存在，并非人的主观意识，这就是为什么在《安娜·卡列尼娜》中就很难出现关于"原子"的内容了。

值得一提的是，叔本华的推理以及托尔斯泰的推理都依赖于他们从康德那里采纳的一个重要的哲学原则，即康德将人类理性范畴的主观化。康德在《纯粹理性批判》中提出的"把空间、时间和因果关系的概念作为范畴的思想"（Jahn，1999）[61-62]，也就是说只有人们的理性意识才能对自然界的这些概念进行处理，由此强调了理性意识是作为人的生命本质的思想。在此基础上，托尔斯泰在《论生命》中也发展了理性意识作为人的生命本质的思想，他认为其他一切都发生在我们之外的物质生活中，在某种程度上不是真正的我们，只有当我们把动物性的存在服从于理性的法则时，我们才能真正作为人类存在。

在否定"原子论"的基础上，托尔斯泰强调除了物质的存在，人的个性也是存在的，在写《战争与和平》的时候，还未对人的理性意识有深刻认识的托尔斯泰，仅仅设想过一个宇宙，在这个宇宙中，由身体和灵魂组成的每个个体被视为"原子"，这个"原子"作为宇宙的一个形而上学的实体部分，通过悟性与整体相联系，但这里的悟性往往涉及的是人们感性的范畴。但在《安娜·卡列尼娜》一书中，虽然托尔斯泰肯定了个人的悟性是真实而美好的，但他重新定义了这种个体，认为个人应当被作为身体与灵魂、理性与感性之间相互斗争的结合体。

托尔斯泰进而提到了关于人格和物质的看法，"'人格'是我们动物性的一部分，它让我们自然地爱自己，但它不是有意识的自我。作为我们理性的结果，人类只有拥有'有意识的自我'，才有潜力和义务选择去缓和动物性自我的广泛需求"（Jahn，1999）[228]。这里的人格理论有点类似于康德在"道德义务论"中所提到的两种人格：一种是自然的存在，即以实践为依据的经验存在。人和其他动物一样，渴望和追求幸福。另一种是有着内在自由的存在。人遵循理性来行动，而且有能力遵循道德律。康德认为，人们对自己的义务就是自己有义务让自己的欲望服从自己的理性自由。更进一步说，就是人们有义务克服自己的欲望和倾向，以便遵守理性和道德律。动物性冲动与良知或更高理性的声音之间的斗争无疑在《安娜·卡列尼娜》中得到了集中表现，托尔斯泰一方面对生命多样性及其美的辩护基于自由的存在。另一方面，托尔斯泰又赋予了超越理性的形而上学原则，即"爱"的真理，"一个人离纯粹的爱越近，相应地，他就离特殊性越远，越能使自己成为一个道德上自由的个体，就越能令人满意地在生活的过程中前进"（Jahn，1999）[228]。

就像在《安娜·卡列尼娜》的结尾部分那样，列文先肯定了人性的弱点，"我依旧会对车夫伊凡发脾气，依旧会同人吵架，依旧会不得体地发表意见，依旧会在我心灵最奥秘的地方同别人隔着一道鸿沟，甚至同我的妻子也不例外，依旧会因自己的恐惧而责备她，并因此感到后悔"（托尔斯泰，2011a）[928]。但他同样也肯定了"我有权利使生活具有明确的善的含义"（托尔斯泰，2011）[928]，这句话体现了道德的自由行使最终取决于所拥有的道德感的存在。

由此可见，从科学规律到叔本华以及康德的哲学思想，再到艺术创作，托尔斯泰不断地在主观与客观之间、在身体与精神之间穿越界限，这些穿越与组合、碰撞与对话带来了冲击与爆炸，新的意义不断产生。

第四节
批评家与小说家

作为全能型的文学大师，列夫·托尔斯泰既是第一流的小说家，也是不俗的戏剧家跟散文家，更是高明的鉴赏家和批评家。但托尔斯泰的文学理论著作和文学批评著作并不是很多，其中重头的就是他的《什么是艺术？》（又译《艺术论》），这部总共十余万字的小册子，耗费了十五年的时间完成。

然而，这部文论自问世以来就在我国遭受到了冷遇，对我国现代文艺理论几乎没有产生影响。对此，胡经之主编的《西方文艺理论名著教程》一定程度上指出了其中的原因："《艺术论》是一部内容极为庞杂的美学著作，它反映了托尔斯泰世界观的矛盾和艺术观的偏激，书中掺杂着说教。但是贯穿全书的却是宗法式农民的纯朴、偏狭的艺术见解和对贵族、资产阶级艺术的辛辣的嘲笑。出自这样一个世界第一流的艺术大师的手笔，《艺术论》的立论是可笑甚至接近荒唐的"（胡经之，1986）[536]。可以说，《什么是艺术？》体现了托尔斯泰一种绝对主义批评，在这本书中，他提出了艺术的"情感说"，将情感的"感染的程度"当作衡量艺术价值的唯一标准，以此为标准，托尔斯泰甚至批评了果戈理、陀思妥耶夫斯基等著名作家的作品。

托尔斯泰这种排他式的狭隘性似乎埋没了他作为批评家的风采，但当我们从历时角度考察这种艺术"情感说"产生的过程，会发现在"情感说"的形成过程中，到处都充斥着作家艺术评价与艺术创作实践张力，哪怕仅将作家早期的艺术理论评价的历程作为研究切片，也体现了托尔斯泰本身多元的艺术形象。在托尔斯泰早期接触到的文学家中，如费特、瓦·彼·博特金、斯特恩、歌德等，集结了感性、理性、对立的形而上学以及"自然与自我的情感互动""爱之网""极性对立"等多种观点,不得不说,这些观点在某种意义上滋养了作家的艺术生命,令其作品焕发出了无限生机。

当年轻的托尔斯泰踏入彼得堡的文艺圈时,他与朋友们分享并讨论了关于人与自然、主观世界和客观世界之间的关系。与托尔斯泰最相似的是诗人费特,在《战争与和平》的写作过程中,他成为托尔斯泰最亲密的文学朋友。

在1857年7月9日写给博特金的信中,托尔斯泰称赞了费特的诗歌《又一个五月之夜》(May Night Again):

> 空中,尾随着夜莺婉转的歌声,
> 到处传播着焦灼,洋溢着爱情。
> ……
> 啊,夜色,你温柔无形的容颜,
> 到什么时候都不会让我厌倦!
> 我情不自禁吟唱着最新的歌曲,
> 再一次信步来到了你的身边(费特,2014)。

这首诗体现了艾亨鲍姆提出的"大胆抒情"的艺术表现手法,所谓"大胆抒情"即"抓住精神生活的微妙阴影,并将它们与自然描述交织在一起"。通过这种手法,可以在字里行间准确而具体地抒发情感。诗中所体现的自我与自然的直接互动给托尔斯泰留下了深刻印象。诗的后半部分,诗人变成了夜莺,用最新的旋律来回应夜晚。其中,"情不自禁"强调夜晚如何影响着诗人,唤起他心中的歌声,从而创造了一个自我与自然完全融合的诗意意象。

艾亨鲍姆谈到托尔斯泰对费特诗歌的了解时说,"它赋予了'心灵辩证法'一种以前所缺乏的特殊抒情基调"(Eikhenbaum,1972)。托尔斯泰早年的小说《青年》的第二章"春天"的结尾就是一个很好的例子:

> 一种对我来说很新鲜的感觉,非常强烈和愉快,突然进入

我的灵魂。

潮湿的土地上，到处都是嫩绿的小草叶和黄色的小茎，小溪在阳光下闪闪发光……在我的窗前摇曳，小鸟在灌木丛里忙碌地叽叽喳喳地叫着，篱笆上的雪已经融化了，但主要是——这股潮湿的空气和欢快的阳光，清晰地告诉我一些新的和美丽的东西，虽然我不能像它对我说的那样传达它，我会尽力传达我所感知到的一切，一切都在向我诉说着美、幸福和美德，它们对我来说都是容易的，是可能的，一个人不能没有另一个人，甚至美、幸福和美德也是一体的……

你是否曾在夏天，在多云多雨的天气里，白天躺下睡觉，日落时醒来，睁开眼睛，从亚麻布遮阴下，在窗户宽阔的四合院里，看到了石灰树林荫道的阴凉、紫罗兰色的一面，雨淋得湿漉漉的，潮湿的花园小径被明亮的斜射光线照亮，突然听到花园里鸟儿的欢快生活，看到阳光下的昆虫在窗洞里盘旋，感觉到雨后空气的清香，心想："我怎么能不羞于在这样一个晚上睡觉"——然后急忙跳起来走进花园，为生活而高兴呢？如果真的发生了，那就是我当时经历过的那种强烈的感觉的一个形象（托尔斯泰，2010d）[192]。

一种新鲜的感觉"突然进入"了尼科连卡的灵魂。空气、阳光"清晰地"向他传达着美好的情感。在如何描写与自然之间交流，托尔斯泰无疑是受到了"大胆抒情"的启发。从"你是否"开始，尼科连卡就开始用抒情的诗词表达着自然与自我心灵的互动，"明亮的光线""鸟儿的欢快""昆虫在盘旋"……一系列的表达反映的不仅仅是尼科连卡主观情感的表达，而是大自然在他的心灵上激起的感觉。春天的气息让他肉体觉醒和复活，激发了他良知上的觉醒。通过比较我们可以发现，以上两段文字都强调在自然中进行情感的抒发，但费特更多的是以我们为主体，大自然是作为附属地位起到了在我们心中激起诗意情感的作用，托尔斯泰更多的是想展示自然与自我的互动，在互动中相互成就、相互感知。

此外，在彼得堡的文艺圈里，博特金也一直是托尔斯泰最亲密的朋友之一。博特金是一个富商的儿子，他非常适应崇尚智慧、品味和敏感的贵族环境。他是一个博学的人，也是一个哲学上的享乐主义者，喜欢一切感官上的东西，也喜欢从大自然中寻求简单的乐趣，他对哲学、诗歌和音乐有着极大的热爱和理解。即使到了晚年，托尔斯泰仍然能回忆起博特金不朽的艺术品位。

1856年5月，托尔斯泰和博特金已经是密友了。他们经常商量家庭幸福的问题，一直保持着亲密的关系。博特金常为感性提供理论上的辩护，这激发了托尔斯泰探索人们的感官如何在感受周围世界中起到积极作用。从1856年初开始，托尔斯泰就开始关注"爱"，无论是肉体上还是精神上。在一篇日记里，他写道："在博特金那儿，在昆切沃，在那里的路上，我陶醉于大自然，以至于流泪"（托尔斯泰，2010a)[116]。第二天，他继续说："四种感觉以不同寻常的力量附身于我：爱，悔恨的忧郁（然而，这是令人愉快的），结婚的欲望（为了逃避这种忧郁）和自然的感觉"（托尔斯泰，2010a)[117]。因此，与彼得堡的朋友们相互交流，影响并促成了托尔斯泰对人与自然统一问题的探索和艺术和哲学含义的思考。

除此之外，托尔斯泰早期还受到劳伦斯·斯特恩（Laurence Sterne）作品的影响，并翻译了他的《感伤的旅行》，且对其中细腻情感和多愁善感的表达产生了偏爱。正如托尔斯泰在《童年》中歌颂童年的章节中，字里行间都渗透着孩子们灵魂中简单的情感流动。托尔斯泰对温和、善良的幼小心灵描写似乎表达了人们可以像孩子一样，抛开成人的负面属性和内在的强烈自我，仅仅服从于感觉变化就能达到美好的可能。可以说，此时的托尔斯泰相信人们可以仅仅借助感官感受就能体会到道德上的真理。

需要指出的是,托尔斯泰并非仅仅像费特、博特金、斯特恩那样完全拥抱感性,崇尚自然美,尽管他热爱自然,描写自然的美,却认为不能为了书写风景而书写,而应在书写自然的美好的基础上,升华到更高层次的精神、道德领域,就像在《哥萨克》关于雄鹿巢穴的场景中,来自自然界的良知直接进入到了奥列宁的意识中。由此可以看出,良知也是自然的一部分;自然能够给人们带来精神的顿悟,人们也能赋予自然以深刻的含义,二者相互作用、相互升华。但在费特、博特金看来,人类有自我意识,人类应该是大自然中的主体,自然是缺乏精神与更高理性的。托尔斯泰对自然往往是超越这种简单情感的表达,因而在他的日记里,更多讨论的是如何控制他自己丰富的、常常是矛盾和不羁的自然天性的内容。这位年轻的怀疑论者并未沉醉于对自然的赞歌,而是在形而上的真理中,以自然界作为媒介寻求更加神圣的道德综合。正如托尔斯泰自己在文章《谁应该教谁写作:是农民的孩子向我,还是我们向他们学习?》中所说的话"我们的理想在后面,而不是在我们前面"(托尔斯泰,2019)[31]。我们出生的时候就具有最理想的道德,我们所追求的应该是回归自己最初的自然状态。

此外,唯物主义者车尔尼雪夫斯基在托尔斯泰关于"爱"的观念的基础上,总结出了托尔斯泰两个显著的特征:一个是"爱"的基础上的"道德情感的纯洁";另一个是他的心理分析方法,即"心灵辩证法"。必须承认的是,托尔斯泰不是一个唯物主义者。若是按照车尔尼雪夫斯基的唯物主义视角进行解读,我们可以认为人类能以理性在"爱"的基础上获得一切的道德真谛。但事实上,在托尔斯泰理想主义的背景下,托尔斯泰往往将人与"神圣理性"区分开来,并否认前者可以直接接触到后者,人类接触真理的狭隘性是人类的属性之一。这也造就了托尔斯泰作品中的人物往往在追求真理的道路上是复杂的,永远说不尽的。正如在《卢塞恩》的结尾,聂赫留朵夫抨击了任何信念体系的充分性和绝对性：

> 一个人想积极解决各种问题，因而被投入善恶、事件、思想和矛盾的永远动荡的海洋，这真是不幸而可怜。多少世纪以来，人们为了分清善恶，不断地拼搏和劳动。世纪不断过去，凡是讲公道的人，你不论在哪儿把他放到善恶的天平上，天平决不会摇摆：一边有多少善，另一边就有多少恶。一个人要是能学会不判断，不苦苦思索，不回答永远无法回答的问题，那就好了！他要是能懂得一切思想都是真真假假的，那就好了！它之所以假，是因为人不可能掌握全部真理；它之所以真，是因为人有追求真理的一面（托尔斯泰，2011c）[23-24]。

为了攻击狭隘或局部的"人类真理"以捍卫"神圣理性"的全面性，聂赫留朵夫否定了简单的善恶道德观念，他告诉自己，必须接受生活中的矛盾，甚至珍惜这种"对立的形而上学"与"真理"的关系。在《卢塞恩》的大部分篇幅中，聂赫留朵夫反对英国人所代表的冷酷的文明理性主义，捍卫人们应该在自然中以理智和情感获得一种"真理"。正如人的生命、情感没有什么是完整的，而是与自然共同构成了一个整体，因而任何现有的不管是知识还是各种文化理念，往往是功利性的，是为了服务于人类的动机而构成的，也是片面的，甚至是相互矛盾的。人们需要一种对立的形而上学的辩证法，因为在一个全面的"神圣理性"上，有一个大的综合。

值得一提的是，托尔斯泰之所以能够清醒地认识到人类认知的有限性，并对生活的各种"绝对真理"有批判性的清醒认识，无疑是受到了歌德的影响，尤其是其对立的形而上学辩证法受歌德影响最甚。托尔斯泰在写《卢塞恩》的时候，在日记里透露他一直在认真阅读歌德。另外，歌德21岁时发表了一篇叫《说不尽的莎士比亚》的文章，文中写道："那些伟大的哲学家们关于世界所讲的一切，也适用于莎士比亚：

我们所称之为恶的东西,只是善的另外一个面,对善的存在是不可缺少的,与之构成一个整体,如同热带要炎热,拉普兰要上冻,以致产生了一个温暖的地带一样"(胡瑜苓,2004)。这意味着消极的东西即使是在人类的邪恶中表达出来的,也不是简单的消极;相反,它被视为普遍法则的必要组成部分。这个观点也深深影响了托尔斯泰,让他不是非此即彼地看待这个世界,认识到没有什么是绝对的,事物的对立面的存在一定有它的理由,只有在各种对立因素相互作用、对话中才能无限接近于神圣理性。因而,在他的创作过程中总是充满了许多不确定性,他的笔下没绝对完美的人物,也没有绝对邪恶的心灵;没有绝对悲惨的情节,也没有绝对永恒的美好;他笔下的人物总是在陷入绝境的时候,转而走向另一个人生台阶。"对立的形而上学"从另一个维度创造了包罗万象的和谐,虽然这是歌德在物理工作中推导出来的定律,但这种对立的形式构成了自然的统一。

1891年9月14日,托尔斯泰在致彼·戈·汉森的书信中有一段内容,记录了托尔斯泰从童年时期一直到63岁所读过的书中,令他感到印象"深刻""非常深刻""强烈"的一些书籍。这份书单包含了东西方的哲学、诗歌、民间故事等经典内容,令人叹为观止!其实,托尔斯泰至少精通五门语言,除了他的母语俄语之外,他还用希腊语、希伯来语、英语、法语进行阅读。可以说,他用五种语言阅读了整个世界,他在不同的文化思想中来回碰撞,他不仅仅是一个阅读者,更是一个批评家。他的文论成果之所以相对较少,是因为他要构建自己的文学理论时,是随着他坚持不断的文学创作实践而同步动态变化着。

第五节
社会历史语境的越界:走向更广的文化空间

文学的发展与一定的社会生活环境存在着密切的联系。托尔斯泰三部作品艺术形式的变迁与特定的社会环境也是分不开的。然而，经典的文学作品又能超越具体的社会历史语境，走向更广阔的文化空间。洛特曼认为，"多层次的、个性化的、处于动态联系中的代码系统，构成了文本创新功能的源泉，形成了动态的语境。而符号圈，从本质上讲，就是大的文化语境，是将动态的语境加以扩展、延伸的结果"（康澄，2006）[139]。那么从洛特曼的理论视角来看，不妨把托尔斯泰作为一个独立的符号系统，考察其一生中不同时期间对话，也可将其置于更大的符号圈中，去分析托尔斯泰的创作如何走向更广的文化空间，从而对托尔斯泰的创作变迁形成一个全面而多元的了解。

在托尔斯泰一生的创作当中，不断变化的政治以及意识形态环境尤其是文化语境，一定程度上造就了其作品的经典性。这些语境持续不断地调节着托尔斯泰生活与其作品创作之间的关系，或者说是现实世界与文本世界之间的关系，也促进着生活与作品之间的融合。这个融合的过程是多种因素相互作用、相互渗透、穿越界限的过程。

托尔斯泰目睹了拿破仑入侵之后俄罗斯帝国的崛起、克里米亚战争失败后的挑战、农奴制的结束、俄罗斯工业化的开始，以及1905年日俄战争失败后的革命。托尔斯泰的一生便在这些空间中跨界穿行，最终将它们变成自己文本中的空间。1812年俄国卫国战争胜利，人们重新评价俄罗斯的民族文化："斯拉夫人和西方人之间的冲突，在十九世纪及以后是至关重要的，在今天也是……更为保守的斯拉夫人寻找俄罗斯本土的传统来解决俄罗斯的问题。更多的自由主义西方人倾向于西欧思想家和社会和政治实践，以解决俄罗斯的问题"。托尔斯泰所创作的《战争与和平》是一部史诗性的长篇小说。这位文学大师通过翻阅并研究大量的史学资料，将小说的时空与内在的俄罗斯特质融合在一起，将拿破仑主义所代表的西方个人主义与俄罗斯本土、乡村文化与传统文化联系在一起。

《安娜·卡列尼娜》创作的年代正是农奴制改革后期，自给自足的农村经济基础面临着崩溃，资产阶级制度在俄国逐步建立，金钱势力渗透到生活的各个方面。作为贵族地主的托尔斯泰，认为农民的处境由于"改革"变得更糟，但又不赞成重新举起农奴制的鞭子，更不想引进资本主义，试图在农民与地主之间找到平衡。这一系列的思想挣扎丰富着小说人物，尤其列文的情感世界。安娜和列文或是渴望爱情，或是潜心改革，在生活的对立中寻找和谐、探求出路。正如理查德·弗里伯恩（Richard Freeborn）所说，"托尔斯泰这一时期的许多作品都体现了逼真的现实主义，包括《安娜·卡列尼娜》……托尔斯泰学会了把作者完全从场景中除名……读者常常感觉到他们对现实的感知是无条件的，对人物的情感体验是无障碍的"（Freeborn，1973）。

19世纪70年代末80年代初，俄国农业严重歉收，农民革命风起云涌，这引起了托尔斯泰极大的关注与不安。他走访教堂、村舍，参加人口调查，深入社会下层，了解了社会的不平等，他的世界观在长时期酝酿的基础上发生了激变，他在文化意识层面发生了转变，转到了农民的立场上来。一幕幕社会不公正的画面，无疑影响了托尔斯泰在这一时期所创作的《复活》，他早期创作的"自我批判"也逐渐达到了批判的"外在化"。如果说，在《安娜·卡列尼娜》中托尔斯泰从爱情、家庭角度，批判了贵族阶层的上流社会，那么在《复活》里，作家几乎批判了俄国社会的各个方面：法律、官僚、信仰等等。作家的艺术思想"心灵辩证法"也逐渐发生了变化，作家早期创作还有对人物心理转折与剧变之前的艺术思想的过程描写，到了后期则出现了人物心理的"涟式反应"，"这种由'自我批判'的基础到批判的'外在化'的变换，实际也是一种由点到面，由'自我到社会'的'外在化'，是一种'涟式反应'。聂赫留朵夫从否定自我开始，从而一步步地走向否定整个社会"（张杰，2007）[249]。最终，托尔斯泰又从社会现实批判走向传统文化语境，力图穿越到普世层面，在更广阔的空间寻求出路。

1812年卫国战争胜利后，19世纪50年代末至19世纪70年代初，亚历山大颁布"伟大改革",阶级矛盾空前激化。托尔斯泰不断地辗转于各种政治、各种意识形态之间,这些社会历史环境也出现在他的作品当中。当托尔斯泰带着自己一路走来的所有认识与积累,迈入一个新的传统文化语境时,他便穿越了界限,进入了一个新的符号圈当中。穿越界限的过程中,在不断地冲突与交流中,那些带有原空间文化结构和文化记忆的主人公与新的空间碰撞、交流,产生新的文化意义,正如学者指出的"世界在探索中前进,方法在探索中更新。伟大的时代造就了杰出的作家,杰出的作家又用崭新的艺术方法来反映伟大的时代"(张杰,2007)[293]。

洛特曼认为,"符号圈中布满了异质元素,它们处于不同水平之上,相互联系、碰撞,在持续的对话中再生出新的意义。并且,符号圈中的符号系统不仅在共时截面上与其他符号系统相互关联、相互作用,在纵向上也与处于各种历史纵深的系统发生着联系"(康澄,2006)[38]。在纵向上,托尔斯泰在变换的政治语境中穿越界限的过程中,造就了自己,每次穿越都赋予了他新的思想与新的见解。但不可忽视的是,在共时截面上,托尔斯泰的身上还有很多标签,正如学者维克多·特拉斯(Victor Terras)评价道:"托尔斯泰是个多面手。在他漫长的职业生涯中,他曾是教师和教育理论家、哲学家和社会评论家、成功的农民和家长、军人和先知"(Terras, 1985)。这些身份相互联系、相互影响,与他的艺术特色融为一体,在对话与碰撞中,赋予了作品无尽的可阐释空间。

首先,19世纪50年代托尔斯泰的参军经历丰富了他的阅历,为他的艺术创作提供了新的语境和认识。曾驻扎在塞瓦斯托波尔的托尔斯泰,对战争有了深切而真实的体会,"你将看到战争不是一个美丽的、有序的和闪烁的阵形,有音乐、击鼓、横幅和将军在腾跃的马匹上流动……充斥着血,痛苦与死亡";他还曾在日记中指出,"他比以往任何时候都更加确信,俄罗斯要么需要根本改革,要么将崩溃"(Bartlett,2011)[110]。

其次,在服完兵役后,托尔斯泰又回到了亚斯纳亚·波良纳,致力于学习更多关于教育的知识,以便他可以教育他的庄园里的农民。除了对学校活动的叙述,托尔斯泰还在《亚斯纳亚·波良纳》杂志上发表了关于教学方法的长篇文章,认为备受吹捧的欧洲体系存在根本缺陷,不适用于俄罗斯,俄罗斯必须找到自己的道路。"杂志的发行附有儿童阅读材料的补充。其中包括托尔斯泰学校的学生写的故事,或老师写的故事,以及用清晰、简练的语言写的关于历史主题的简短文章"(Bartlett,2011)[146],随着其对教育的深入和大量教育文章的发表,这不仅影响了他的写作与评论的水平,同时也让他在与欧洲的教育模式比较中提升自我,并进行着超越社会现实的层面进行思考,从而实现了跨越了界限,走向了更广阔的文化空间。这也使得他作品的意义在作者穿越界限中,随着异质因素的碰撞与融合不断产生。

最后,尽管托尔斯泰一生以小说家的身份享誉世界,但他更是一个精神探索者,他对信仰的探索贯穿了他的一生。这被记录在他自己无数出版和未出版的作品、信件和日记中,从他最初对大自然的关注,到接受叔本华的自由意志论,再发展到对东方哲学的兴趣,尤其是对佛教和儒学。他对这些哲学思想的理解是动态的,在对话中不断发展变化的,比如托尔斯泰早期对绝对真理的理解是外在的,这影响了《战争与和平》的创作,我们会发现小说中存在着宿命论的思想。后期,他接触了东方"天人合一"的传统文化,对真理的理解逐步走向内在,从而影响了《复活》的创作,作品中便渗透着对人性的直接拷问。当然,即使到了晚年,托尔斯泰仍然未停止自己的精神探索,正如学者玛丽娜·亚历山德罗娃(Marina Alexandrova)总结道:"托尔斯泰哲学观体系的一些最有力和最引人注目的特征正是它的普遍性、多元人文主义和对所有传统信仰平等的坚定信念,只要这些信仰不用诡计和对未来幸福的虚假承诺愚弄他们的追随者。"

除此之外,托尔斯泰的创作还与科学或其他思想处于富有成效的对话当中,比如19世纪末刚刚兴起的电影技术就引起了托尔斯泰的注意。他在谈论电影艺术时说:"如果您愿意的话,它更接近生活。在电影里,镜头的闪变飞速替换,而内心的感受也同样直接地迅速变换着。电影技术揭示了运动的奥秘"(高尔基,1979)[6]。对现代文化的研究,让这位伟大作家的文化空间转向体现出勃勃生机。

纵观托尔斯泰一生的创作,我们不难发现,在他的创作后期,作家的"心灵辩证法"的变迁明显地受到电影艺术的影响。在其作品中托尔斯泰往往运用了蒙太奇的手法,直截了当地揭示出人物内心的剧烈冲突和复杂矛盾,其前期创作中漫长的心理铺垫消失了,情节更加紧凑了,节奏也明显加快了。中篇小说《哈吉穆拉特》虽然在篇幅上远远比不上《战争与和平》,但其容量却毫不逊色。作品直接从哈吉穆拉特背叛沙米里的紧张冲突写起,展开了50年代俄国社会各阶层的宏伟画卷。作家一会儿把镜头对准偏僻的山区,一会儿又把它移入沙皇尼古拉一世的皇宫。在这部不到10万字的中篇小说中,上到沙皇,下至农奴和士兵,不下60余人。虽说只是一部中篇小说,但作家从1896年开始动笔,断断续续花费了8年时间。这种相对简短篇幅的大容量创作,也是托尔斯泰超越自我,在科学与哲学思想等多重因素的作用下,以有限空间展示无限艺术空间的成功跨越。

通过不断地在战争、教育、传统文化、科学等不同的语境空间中穿越,伟大的作家托尔斯泰将描写对象置于符号圈之中,让其在边缘与中心、内空间与外空间、"我文化"与"他文化"的密切联系、互动、渗透中,不断与异质元素对话,从而产生新的意义。托尔斯泰在一生的创作中,不断变化着人物、地点、文化以及意识形态,让他笔下的作品有血有肉、丰满迷人。正如学者雷切尔·斯塔弗(Rachel Stauffer)评价道,"在二十一世纪,我们可以看到托尔斯泰的智慧在他的小说和非小说中一次又一次地被发现。我们可以期待作者思维的灵活性和对广泛的信仰体系和全球哲学的接受。托尔斯泰对传统的或被广泛接受的文化规范的拒绝可以作为进步的典范。我们这些阅读和研究托尔斯泰的人，在他的每一次阅读和每一次重读中都发现了智慧"。可以说，正是因为托尔斯泰在不断地界限穿越与异质元素对话的过程中，赋予了作品无与伦比的意义再生能力。如今人类社会面临着各种严峻的挑战，商品经济大潮猛烈地冲撞着传统的道德观和价值观，托尔斯泰所进行的艺术探索则为我们提供了提升艺术鉴赏能力和文化修养水平的极有价值的艺术精品。

结 语

本书以洛特曼的文化符号学方法论为依据，考察了托尔斯泰思想变化历程的同时，分析研究了作家三部长篇小说：《战争与和平》《安娜·卡列尼娜》《复活》不同形式的意义再生机制。虽然托尔斯泰一生中思想精神内容不断地变化，但不变的是其对实现人类和谐世界终极幸福的探索，即人走向与绝对真理的同一，这便构成了这三部经典作品超越历史现实的内核。可以说，这种普世性的精神探索，增添了这三部文学经典的独特魅力，在一定程度上拓展了文本的可阐释空间，达到对历史现实超越的艺术效果。

托尔斯泰早期的思想精神，则是将与绝对真理同一的理想等同于实现"自然至善"。处于新婚燕尔中的托尔斯泰，还处在自然欲望和自由意志的虚幻统一中，认为自然界的一切包括人类都在不停地发展，每一个组成部分都在无意识地促进其他部分繁荣发展。于是在《战争与和平》的大千世界中，出现了近乎宿命论色彩的思想。这是自然法则在左右着小说人物的命运，无论是小说中"战争"与"和平"的双重主题的演进，还是奥斯特里茨的宁静而崇高的天空，岁岁枯荣的老橡树……都仿佛在遥远的上空启示着天命。因此，从表层上来看，作家在小说中记载着"战争"与"和平"的历史生活，但却在深层展示着人物心灵的变化历程，即在心理冲突的"战争"与顺应自然的"和平"心境之间的互动。由此，小说形成了生活与心灵双层交织和互动的独特对话形式，形成了小说双层叙述的意义再生机制，由此，小说独特的叙述结构为读者打开了阅读空间。

19世纪70年代，托尔斯泰身处人生的精神危机与俄国社会的现实危机交织，这一切似乎也反映在《安娜·卡列尼娜》中绝对真理与人物思想之间的紧张关系上。主人公不再有像皮埃尔那样靠信奉普拉东的无为之道而消解问题。在历史现实层面上，当时的人们面临着选择：或是过着"城市文明生活"，走向现代资本主义社会的现实世界；或是回到"传统庄园式的生活"，坚持遵循合理的生活道路，把绝对信仰引入自己的心灵。在思索人与真理的关系、人生的意义与自然法则的关系时，托尔斯泰愈来愈绝望于西方理性主义，转而开始相信非理性主义，进行着从"天在外"向"天在内"的思想转变。为此，托尔斯泰把传统信仰理解为爱与至善，所以安娜与绝对真理的同一，就是与"爱"的同一。在具体情节里，因为"爱"的含义本身的异质性，加上安娜自我性格的异质性，二者同一的道路是复杂的，因而小说在艺术形式上形成了既对话又同一的意义再生机制。

在 19 世纪 70 年代后期的精神危机中，托尔斯泰开始逐步地背叛传统信仰中的教义，转而探索自己新的"真理"。到了 80 年代初，托尔斯泰便开始全面地批判俄国教会的教义，"其实，托尔斯泰从来都不是一个教徒而更是一位信徒"（金亚娜，2003）[108]。托尔斯泰对那高高在上的传统文化信仰进行了非人格化的创造，这个"信仰"不再是世界的"创造者、立法者、审判者"，而是给予人以生命意义的根源，是人们心中灵魂的源泉。就像在《谢尔盖神父》中的主人公反复提到"没有信仰"的同时，托尔斯泰提出了"信仰在我们心中"（《天国在你们心中》）这一重要思想。这里所否定的是传统信仰，是把人们的幸福隐藏到另一个世界，真正的信仰应该是能昭示人们今生今世的幸福，能够与人们的心灵相互融通的。在托尔斯泰创作《复活》时，恰恰是他从俄国社会感到"天人关系"处于剧烈冲突而情势险恶的时代，这里的"天"实际上就是指社会的生态环境。从小说《复活》开篇的描写就能感受到"天人关系"的冲突。托尔斯泰从社会生态危机背后看到的是人性的危机。西方文明在不断发展的同时，也造成了对社会生态环境的破坏。透过这一现状，托尔斯泰揭示了它对人类心性的扭曲，揭示了人类社会的危机，"天人关系"破裂的危机。为此，托尔斯泰彻底背离了那个外在的信仰、救世主，而是寻求每个人天生固有却不幸丢失了的善良之心。因此，在具体小说文本中，托尔斯泰通过"现实""信仰""自我"三个有限的空间层次，表现了多维而无限的世界，既对俄国社会诸方面进行了撕掉其一切假面具的批判，又表达了超越时空的"爱"的伦理思想，凸显了艺术文本的空间模拟机制，在整个文本空间上形成了动态变化的潜能，构成了小说文本的意义再生机制。

最后，本书再把托尔斯泰的创作艺术放回到整体模型当中去，即放回到符号圈中去研究，因为符号圈不只是符号的空间，更是文化生存与发展的空间。托尔斯泰因其丰富的人生履历，不断地穿越身份、文化、哲学、科学符号圈的界限，持续着从"中心"到"边缘"、再从"边缘"到"中心"的运动，这种穿越界限的活动为他的人生及他的作品创造出新意义。不同于那些流亡作家，比如纳博科夫因流亡而在地理空间上进行着从俄国到英国、德国、法国、瑞士的穿越界限。托尔斯泰更多的是精神上的越界，从卢梭到叔本华再到康德，从自然良知到自由意志，从感性到理性再到对立统一的循环理性，当然托尔斯泰并非进行着非此即彼的穿越，而是在这些丰富的、复杂的异质元素的文化空间中来回碰撞与交流，从而激发出无限意义的火花。

如今，依旧会有人认为，如果托尔斯泰不是以其伟大的文学作品《战争与和平》《安娜·卡列尼娜》《复活》而闻名的话，托尔斯泰的思想观点在他们的时代，甚至到今天的影响会更小。托尔斯泰的思想家身份或许让大多数文学崇拜者失望，甚至学者约翰·邓洛普（John B. Dunlop）都称托尔斯泰是"作为一个思想家是可笑的"（Dunlop，1984）。但不可忽略的是，虽然托尔斯泰的一些思想充满了毫无根据的假设、悖论、非逻辑推论、重复等问题，但这并不能阻止托尔斯泰作为一个思想家能够超越时代对俄罗斯和其他国家产生了非常大的影响力。这其中主要原因在于托尔斯泰在整个生命中都专注于对绝对真理的追求，只要托尔斯泰的生命还延续着，这种探索就永远不会结束。在一生的探索中，他偶尔确实"找到"了（例如在他神秘或近乎神秘的经历中）"绝对真理"，但过一阵他又开始怀疑，接着又重新开始了他的探索。

1895年9月22日,他在日记中写道:"没有一个信徒不曾怀疑,怀疑真理的存在。这些怀疑并没有害处。相反,它们会激发对真理的更高理解。你认识的真理变成了习惯,你不再相信它了。只有当真理再次向你显现时,你才完全相信他。当你用你所有的灵魂寻找它时,它在一个新的方面向你显现"(托尔斯泰,2010a)[182]。正是由于托尔斯泰一生对"真理"孜孜不倦的探索,才使得他的思想前后是不一致的,且具有动态性与复杂性,而他的艺术作品当然是在他的思想的支撑下,显得开放、多义、具有永恒的生命力。这也给了我们一种启发,我们的研究很难给研究对象下一个明确的定义,更多的应该是揭示研究对象的动态性与多元性。

著名哲学家、政治思想家以赛亚·伯林曾将托尔斯泰比喻成一只狐狸(一个懂得细节的人),但他又想成为一只刺猬(一个系统化者):托尔斯泰认为现实的多样性,是一个围绕在独立实体周围的集合,他以前所未有的清晰和深入的眼光看待现实,但他只相信一个巨大的、统一的整体。还有学者则是在此基础上认为托尔斯泰是一个寻求综合的分析者、一个寻求理想的现实主义者:"他一再否定形而上学,这使人们对他形而上学思想的研究望而却步,然而他本人不止一次地承认,如果没有脚手架(由一些基本的信念组成),他就无法写作或生活,不管这些信念后来在他看来多么愚蠢,这些信念为他理解我们的人类心理学的细节提供了支持"。通过研究我们发现,一方面托尔斯泰一生都在不断改变他的形而上的真理,这使得他的作品呈现出了不同的艺术形式,进而其艺术文本的意义再生机制也呈现了多样性,从而让我们很难像总结陀思妥耶夫斯基那样的作家一样,可以笼统地概括出其艺术创作的"复调性"。当然这也会是本研究今后需要弥补的部分,毕竟在与其他作家相比较时,若是一味强调托尔斯泰文本艺术形式的多样性,就无法把握托尔斯泰的艺术创作的独特性;另一方面,托尔斯泰对艺术创作形式的变化无疑也影响了他作品的思想性,比如时空感很强的恢宏巨作《战争与

结　语

和平》，会让他感受到人在绝对真理面前的渺小以及生命的无意义，这或许也是引发他精神危机的原因之一。之后，托尔斯泰便转向了对个体主体意识的关注，产生了人物心灵极为矛盾的《安娜·卡列尼娜》；而《安娜·卡列尼娜》的这种网状叙事结构无疑又影响了他对每个个体在整个社会网中位置的思考，这便促成了空间感极强的小说《复活》的诞生。

可以说，在思想与艺术的互动下，托尔斯泰的作品就像人生道路上的路标一样。每部作品都可以看作是与我们互动的活生生的实体，我们好像在与一个强大的人格互动一样。在某种程度上，它们都是托尔斯泰内部冲突的临时解决方案，是从人类普遍意义出发，试图努力适应身体与灵魂、情感与理性、真实与理想的个人生活的见证，甚至于每一部作品都有比托尔斯泰自己的更完整、更矛盾的"个性"。虽然他们出自作家的手笔，但一旦被完成就仿佛拥有了"生命"，就会独立于作家的思想，有时候甚至与作家的想法背道而驰。

"高尔基曾说托尔斯泰是'一个完整的世界'，阿·托尔斯泰说他是'一座完整的科学院'，费特则说托尔斯泰是'文学艺术中世界性的学校'"，对于托尔斯泰的研究，我们还远没有穷尽，还有很多有价值的工作没有完成，比如作家后期在哲学、批评等不同类型符号圈界限的穿越以及作家晚年的精神思想探索与他文学艺术创作之间的关系等。希望本书能够起到抛砖引玉的作用，为以后的文学批评提供一条新的途径，激发学者对托尔斯泰研究进行更多维度、更深层次的思考。

目前，文学批评界已经经历了由一元至多元的文本意义解读过程。经典文本没有确定的、终极的意义，一千个人眼里或许有一千个哈姆莱特，这意味着对文本并不存在终结性的解读。文学批评的目的是揭示文本意义的再生机制，不断发掘文本的可阐释空间，从而提升读者的文学阅读欣赏力和思维能力。洛特曼认为："文本能以有限的、封闭的形式显示出无限的、开放的世界；文本的结构不是锁链，而是传达无限性、开放性的有限手段和功能"(张首映,1999)。文化符号学的分析方法不仅可以以对文学文本进行动态、多元的解读,以挖掘其意义再生机制,还适合于对作家本身的研究,从而深刻而有效地解读文学经典。

参考文献

一、中文文献

（一）专著

巴赫金. 1998. 巴赫金全集[M]. 晓河,等译. 石家庄:河北教育出版社.

巴特利特. 2014. 托尔斯泰大传:一个俄国人的一生[M]. 朱建迅,等译. 北京:现代出版社.

别尔嘉耶夫. 2008. 陀思妥耶夫斯基的世界观[M]. 耿海英,译. 桂林:广西师范大学出版社.

别尔嘉耶夫. 2004. 俄罗斯思想:19世纪至20世纪初俄罗斯思想的主要问题[M]. 雷永生,等译. 北京:生活·读书·新知三联书店.

别尔嘉耶夫. 2008. 自我认识:思想自传[M]. 雷永生,译. 北京:生活·读书·新知三联书店.

别尔嘉耶夫. 2011. 俄罗斯的命运[M]. 汪剑钊,译. 南京:译林出版社.

伯林,刘东. 2003. 俄国思想家[M]. 彭淮栋,译. 南京:译林出版社.

布宁. 2000. 托尔斯泰的解脱[M]. 陈馥,译. 沈阳:辽宁教育出版社:11.

茨威格. 2009. 托尔斯泰传[M]. 申文林,译. 杭州:浙江文艺出版社.

范捷平等. 2019. 外国文学经典生成与传播研究:第六卷现代卷[M]. 北京:北京大学出版社.

费特. 2014. 在星空之间:费特诗选[M]. 谷羽,译. 桂林:广西师范大学出版社:109.

高尔基.1979.俄国文学史[M].新1版.缪灵珠,译.上海:上海译文出版社:6.

歌德.2011.浮士德[M].钱春绮,译.上海:上海译文出版社.

耿海英.2009.别尔嘉耶夫与俄罗斯文学[M].上海:上海书店出版社.

何云波.1997.陀思妥耶夫斯基与俄罗斯文化精神[M].长沙:湖南教育出版社.

赫尔岑.2009.往事与随想:全译本[M].巴金,等译.南京:译林出版社.

胡经之.1986.西方文艺理论名著教程[M].北京:北京大学出版社:536.

胡日佳.1999.俄国文学与西方审美叙事模式比较研究[M].上海:学林出版社.

胡瑜苓,鲁小俊.2004.世界百篇经典演讲词[M].武汉:长江文艺出版社:167.

金亚娜,刘锟,张鹤等.2003.充盈的虚无:俄罗斯文学中的宗教意识[M].北京:人民文学出版社.

康澄.2006.文化及其生存与发展的空间:洛特曼文化符号学理论研究[M].南京:河海大学出版社.

柯罗连科.1985.文学回忆录[M].丰一吟,译.北京:人民文学出版社.

雷成德,金留春,胡日佳等.1985.托尔斯泰作品研究[M].西安:陕西人民出版社.

雷永生.2007.东西文化碰撞中的人:东正教与俄罗斯人道主义[M].北京:华夏出版社.

李正荣.2001.托尔斯泰的体悟与托尔斯泰的小说[M].北京:北京师范大学出版社.

卢梭.2007.爱弥儿[M].李平沤,译.北京:商务印书馆.

罗兰.2001.名人传[M].傅雷,译.南京:译林出版社.

罗兰.2003.托尔斯泰传[M].黄艳春,等译.北京:团结出版社.

洛特曼.2003.艺术文本的结构[M].王坤,译.广州:中山大学出版社.

梅列日科夫斯基.2000.托尔斯泰与陀思妥耶夫斯基[M].杨德友,译.沈阳:辽宁教育出版社:32.

巴赫金.2009.巴赫金全集:第七卷[M].2版.万海松,等译.石家庄:河北教育出版社.

邱运华.2000.诗性启示:托尔斯泰小说诗学研究[M].北京:学苑出版社:8.

日丹诺夫.1980.《安娜·卡列尼娜》的创作过程[M].雷成德,译.呼和浩特:内蒙古人民出版社.

舍斯托夫.1989.在约伯的天平上:灵魂中漫游[M].董友,等译.北京:生活·读书·新知三联书店:105.

叔本华.2018.作为意志和表象的世界[M].石冲白,译.北京:商务印书馆:425.

斯坦纳.2011.托尔斯泰或陀思妥耶夫斯基[M].严忠志,译.杭州:浙江大学出版社.

塔勒布.2014.反脆弱:从不确定性中获益[M].雨珂,译.北京:中信出版社:144.

托尔斯泰.2011a.安娜·卡列尼娜[M].草婴,译.北京:现代出版社.

托尔斯泰.2011b.复活[M].草婴,译.北京:现代出版社.

托尔斯泰.2011c.哥萨克[M].草婴,译.北京:现代出版社.

托尔斯泰.2007.战争与和平[M].草婴,译.上海:上海文艺出版社.

托尔斯泰.2016.克鲁采奏鸣曲[M].草婴,译.北京:现代出版社.

托尔斯泰.2010a.列夫·托尔斯泰文集:第17卷[M].陈馥,郑揆,译.北京:人民文学出版社.

托尔斯泰.2010b.列夫·托尔斯泰文集:第14卷[M].陈燊,等译.北京:人民文学出版社.

托尔斯泰.2010c.列夫·托尔斯泰文集:第15卷[M].冯增义,等译.北京:人民文学出版社.

托尔斯泰.2019.托尔斯泰读书随笔[M].王志耕,等译.北京:商务印书馆.

托尔斯泰.2010d.列夫·托尔斯泰文集:第1卷[M].谢素台,译.北京:人民文学出版社.

托尔斯泰娅.1985.父亲:列夫·托尔斯泰的生平[M].启篁,等译.长沙:湖南人民出版社.

汪家明.1998.灵魂酷旅:列夫托尔斯泰[M].西安:太白文艺出版社.

王瑶.1982.中国新文学史稿[M].上海:上海文艺出版社:24-25.

王朝闻.1993.《复活》的复活[M].北京:首都师大出版社.

王景生.1996.洞烛心灵:列夫·托尔斯泰心理描写艺术新论[M].北京:中央编译出版社.

王志耕.2013.圣愚之维:俄罗斯文学经典的一种文化阐释[M].北京:北京大学出版社.

吴迪.2019.外国文字经典生成与传播研究:第五卷[M].北京:北京大学出版社:290.

吴泽霖.2000.托尔斯泰和中国古典文化思想[M].北京:北京师范大学出版社.

徐凤林.2013.俄国哲学[M].北京:商务印书馆.

杨正先.2008.托尔斯泰研究[M].北京:中国社会科学出版社.

张百春.2000.当代东正教神学思想[M].上海:三联书店:508.

张杰,康澄.2004.结构文艺符号学[M].北京:外语教学与研究出版社.

张杰,汪介之.2000.20世纪俄罗斯文学批评史[M].南京:译林出版社.

张杰.2012.走向真理的探索:白银时代俄罗斯宗教文化批评理论研究[M].北京:北京大学出版社.

张杰.2017a.20世纪俄苏文学批评理论史[M].北京:北京大学出版社.

张首映.1999.西方二十世纪文论史[M].北京:北京大学出版社:431.

张晓东.2009.苦闷的园丁:"现代性"体验与俄罗斯文学中的知识分子形

象[M].北京:人民文学出版社.

张中锋.2015.列夫·托尔斯泰的大地崇拜情结及其危机[M].济南:山东人民出版社.

赵毅衡.1990.文学符号学[M].北京:中国文联出版公司.

赵毅衡.2016.符号学原理与推演[M].2版.南京:南京大学出版社.

周启超.2003.白银时代俄罗斯文学研究[M].北京:北京大学出版社.

朱建刚.2006.普罗米修斯的"堕落":俄国文学知识分子形象研究[M].北京:人民文学出版社.

(二) 期刊论文

陈豪.2020.世界文学语境下的批评重构:21世纪美国托尔斯泰研究的热点与趋势分析[J].俄罗斯文艺(4):59-65.

董小英.1998.哲学家列夫·托尔斯泰[J].外国文学动态(3):33-35.

范国富.2019.鲁迅晚年与高尔基及列夫·托尔斯泰的对话[J].东方论坛(3):22-36.

傅守祥.2004.理性悲剧《浮士德》:人类灵魂与时代精神的发展史[J].解放军外国语学院学报,27(2):92-95.

耿海英.2015.别尔嘉耶夫论托尔斯泰[J].中州大学学报,32(3):38-43.

季明举.1999.《复活》人物形象的结构学意义[J].辽宁师范大学学报,22(1):60-63.

季星星.1996.试论托尔斯泰和陀思妥耶夫斯基的叙事文风[J].俄罗斯文艺(3):26-30.

金亚娜.2006.安娜·卡列尼娜人格魅力探源[J].俄罗斯文化评论(00):235.

金亚娜.2010.列夫·托尔斯泰的理性信仰与现代性因素[J].俄罗斯文艺(3):3-11.

金亚娜.2011.托尔斯泰思想遗产价值管窥[J].外语学刊(5):10-17.

康澄.2006.文化符号学的空间阐释:尤里·洛特曼的符号圈理论研究[J].外国文学评论(2):100-108.

孔朝晖.2020.托尔斯泰城市书写与现代性思辨:兼论以"托尔斯泰主义"拯救现代性危机[J].西南大学学报(社会科学版),46(2):143-153.

李建军.2018.有助于善,方成其美:论托尔斯泰的艺术理念与文学批评(上)[J].扬子江评论(5):14-20.

李建军.2020.文学是对人和生活的态度性反应:论路遥与托尔斯泰的文学关系[J].中国社会科学(8):130-153.

李正荣.2020.论"复活"作为列夫·托尔斯泰的生死修辞[J].俄罗斯文艺(4):4-18.

刘娟,弗拉基米尔·伊里奇·托尔斯泰.2020.从雅斯纳亚·波良纳到中国:弗·伊·托尔斯泰访谈[J].俄罗斯文艺(4):157-158.

鲁效阳.1981.试论托尔斯泰的宗教思想[J].上海师范大学学报(哲学社会科学版)(1):48.

马寅卯.2014.索洛维约夫思想在西方的传播与影响[J].哲学动态(11):63-68.

尼科尔斯基.2010.生与死:托尔斯泰哲学艺术创作的重要主题(以早期作品为例)[J].米慧,译.俄罗斯文艺(3):12-19.

宋德发,张铁夫.2005.巴赫金的列夫·托尔斯泰[J].广东社会科学(1):162-167.

田全金.2011.论托尔斯泰对莎士比亚的批判[J].文艺理论研究,31(2):103-107.

王树福.2018.道德诉求的审美表达:托尔斯泰论艺术形式与文学伦理[J].华中学术(3):230-237.

夏仲翼.1982.托尔斯泰和长篇艺术的发展[J].复旦学报(社会科学版),24(5):57-64.

许桂亭.1993.《安娜·卡列尼娜》的宗教内涵[J].天津师大学报(社会科

学版)(5):79.

许骏.2000.精神的救赎与人性的复活:《复活》与《科尔沁旗草原》比较研究[J].社会科学研究(6):156-159.

许旺.2021.列夫·托尔斯泰与佛学[J].俄罗斯文艺(1):33-42.

余绍裔.1980.哲学·革命·文学:列宁论托尔斯泰[J].南京大学学报:哲学·人文科学·社会科学(4):9.

张桂娜.2019.死亡想象与生命救赎:L.托尔斯泰生死观视角下的宗教哲学[J].世界哲学(6):53-62.

张杰.2006.柏拉图、尼采与主体性[J].兰州交通大学学报,25(5):57-60.

张杰.2010.陀思妥耶夫斯基小说创作艺术的"聚和性"[J].外国文学研究,32(5):73-78.

张杰.2017b.民族精神的铸造:东正教与俄罗斯文学[J].江海学刊(4):191-197.

张兴宇.2011."向在而死":试析列夫·托尔斯泰小说《三死》中的存在论哲学命题[J].天津外国语大学学报,18(6):65-71.

张兴宇.2020.当代俄罗斯列夫·托尔斯泰学的新进展(2000—2018)[J].俄罗斯文艺(4):39-50.

赵山奎.2002.存在论视野中的《伊凡·伊里奇之死》[J].南京师大学报(社会科学版)(2):111-116.

赵炎秋.2004.列夫·托尔斯泰文艺思想试探[J].外国文学研究,26(5):74-79.

郑绍楠.2012.托尔斯泰论艺术[J].江汉论坛(4):77-81.

朱建刚.2014.生命意识与民族根基:略论斯特拉霍夫对托尔斯泰的阐释[J].外国文学评论(1):143-155.

朱建刚.2020.未完成的对话:斯特拉霍夫与托尔斯泰的争论[J].俄罗斯文艺(4):31-38.

朱婷婷. 2013a.《战争与和平》的文本空间性[J]. 俄罗斯文艺(3):72-77.

朱婷婷. 2013b. 小说空间点的符号功能[J]. 俄罗斯文艺(1):122-126.

朱宪生. 2010. 史诗型家庭小说的巅峰:论《战争与和平》的文体特征[J]. 俄罗斯文艺(3):31-35.

(三) 论文集

陈建华. 2007. 中国俄苏文学研究史论[C]. 重庆:重庆出版社.

陈燊. 1983. 欧美作家论列夫·托尔斯泰[C]. 北京:中国社会科学出版社.

范国富. 2017. 鲁迅与"托尔斯泰主义"的对话[D]. 北京:中国人民大学.

胡日佳. 1982. 法国大革命的独特回声:《战争与和平》思想倾向探析[C]//托尔斯泰论集. 杭州:浙江人民出版社:73-90.

刘航舵. 1982. 论《战争与和平》中赞颂人民力量的主题[C]//托尔斯泰论集. 杭州:浙江人民出版社:91-103.

倪蕊琴. 1982. 俄国作家批评家论列夫·托尔斯泰[C]. 北京:中国社会科学出版社.

钱中文. 1983. 通向现实主义高峰之路:托尔斯泰论真实性、客观性、主观性、真诚和分撼[C]//托尔斯泰研究论文集. 上海:上海译文出版社:194-236.

上海译文出版社. 1983. 托尔斯泰研究论文集[C]. 上海:上海译文出版社.

张杰. 2007. 张杰文学选论[C]. 上海:复旦大学出版社.

张兴宇. 2012. 列夫·托尔斯泰的自然生命观在小说中的审美意蕴[D]. 北京:北京外国语大学.

中共中央马克思恩格斯列宁斯大林著作编译局. 1995. 列宁选集:第2卷[C]. 北京:人民出版社.

二、英文文献

（一）专著

ANDREWS E. 2003. Conversations with Lotman: cultural semiotics in language, literature, and cognition[M]. Toronto, Ont. : University of Toronto Press.

BAKHTIN M. 1984. Rabelais and his world[M]. trans. by Helene Isuolsky. Bloomington: Indiana University Press.

BARTLETT R. 2011. Tolstoy: a Russian life[M]. Boston: Houghton MifflinHarcourt.

BERLIN I, Hardy H. 2013. The hedgehog and the fox: an essay on Tolstoy's view of history[M]. Princeton: Princeton University Press.

BOWNAS J L. 2015. War, the hero and the will: Hardy, Tolstoy and the Napoleonic wars[M]. Brighton[England]: Sussex Academic Press.

BRIGGS A. 2010. Brief lives: Lev Tolstoy[M]. London: Hesperus Press.

BROWNING G L. 2010. A Labyrinth of Linkages in Tolstoy's Anna Karenina[M]. Brighton, MA: Academic Studies Press.

BROWNING G L. 2010. A labyrinth of linkages in Tolstoy's Anna Karenina[M]. Brighton, MA: Academic Studies Press.

ECO U. 1978. A theory of semiotics[M]. Bloomington: Indiana University Press.

EIKHENBAUM B. 1972. The young Tolstoy[M]. trans. and ed. by Gary Kern. Ann Arbor: Ardis: 54.

FEUER K B, MILLER R F, ORWIN D T. 1996. Tolstoy and the genesis of War and peace[M]. Ithaca: Cornell University Press.

FINK K J. 1991. Goethe's history of science[M]. Cambridge[England]:

Cambridge University Press.

FOSTER J B. 2013. Transnational Tolstoy: between the West and the world[M]. New York: Bloomsbury.

FREEBORN R. 1973. The rise of the Russian novel: studies in the Russian novel from Eugene Onegin to War and Peace[M]. Cambridge: Cambridge University Press: 249.

GUSTAFSON R F. 1986. Lev Tolstoy, resident and stranger: a study in fiction and theology[M]. Princeton, N. J. : Princeton University Press.

IRINA P. 2014. "Who, what am I?": Tolstoy struggles to narrate the self [M]. Ithaca, NY: Cornell University Press.

JAHN G R. 1999. Tolstoy's The Death of Ivan Ilyich: a critical companion[M]. Evanston, Ill. : Northwestern University Press.

KAUFMAN A D. 2011. Understanding Tolstoy[M]. Columbus: Ohio State University Press: 175.

KAUFMAN A D. 2015. Give War and Peace a chance: Tolstoyan wisdom for troubled times[M]. Columbus: Simon and Schuster.

KAUFMANN W A. 1974. Nietzsche, philosopher, psychologist, antichrist[M]. Princeton: Princeton University Press.

KRONMAN A T. 2007. Education's end: why our colleges and universities have given up on the meaning of life[M]. New Haven: Yale University Press.

LAYTON S. 1994. Russian literature and empire: conquest of the Caucasus from Pushkin to Tolstoy [M]. Cambridge: Cambridge University Press.

LOTMAN Y. 2001. Universe of the mind: a semiotic theory of culture [M]. trans. by Ann Shukman. Bloomington: Indiana University Press.

LOTMAN Y. 1976. Semiotics of cinema[M]. trans. by Mark E Suino.

Ann Arbor: Department of Slavic Languages and Literatures, University of Michigan.

LOVEJOY A O. 2005. The Great Chain of Being: A Study of the History of an Idea[M]. 2nd ed. Cambridge, MA: Harvard University Press.

MANDELKER A. 1993. Framing Anna Karenina: Tolstoy, the woman question, and the Victorian novel [M]. Columbus: Ohio State University Press.

MANDELKER L K A A. 2003. Approaches to teaching Tolstoy's Anna Karenina[M]. New York: Modern Language Association of America.

MCLEAN H. 2008. In quest of Tolstoy[M]. Boston: Academic Studies Press.

MEDZHIBOVSKAYA I. 2008. Tolstoy and the religious culture of his time: a biography of a long conversion, 1845—1887[M]. Lanham, MD: Lexington Books.

MEYER P. 2010. How the Russians read the French: Lermontov, Dostoevsky, Tolstoy[M]. Madison: University of Wisconsin Press.

MILIVOJEVIC D D. 1998. Lev Tolstoy and the oriental religious heritage: influences and parallels[M]. New York: Columbia University Press.

MORSON G S. 1987. Hidden in plain view: narrative and creative potentials in 'War and peace'[M]. Stanford, Calif.: Stanford University Press: 230.

MORSON G S. 2007. Anna Karenina in our time: seeing more wisely [M]. New Haven: Yale University Press.

NICKELL W. 2010. The death of Tolstoy: Russia on the eve, Astapovo Station, 1910[M]. Ithaca: Cornell University Press.

ORWIN D T. 1993. Tolstoy's art and thought, 1847—1880 [M].

Princeton, N. J. : Princeton University Press.

POPOFF A. 2010. Sophia Tolstoy: a biography[M]. New York: Simon & Schuster.

SEBEOK T A. 2008. The forms of meaning[M]. Berlin: Mouton de Gruyter.

SHARMA S. 2009. Gandhi's teachers: Lev Tolstoy[M]. Ahmedabad: Gujarat Vidyapeeth.

SHUKMAN A. 1984. The semiotics of Russian culture[M]. Ann Arbor: University of Michigan Press.

SILBAJORIS R. 1995. War and peace: Tolstoy's mirror of the world [M]. New York: Twayne Publishers: 36.

SOROKIN B. 1979. Tolstoy in prerevolutionary Russian criticism[M]. Columbus, OH: Ohio State University Press for Miami University.

TERRAS V. 1985. Handbook of Russian literature[M]. New Haven: Yale University Press: 477.

TODD W M. 1978. Literature and society in imperial Russia, 1800—1914 [M]. Stanford, Calif. : Stanford University Press.

WASIOLEK E. 1978. Tolstoy's major fiction[M]. Chicago: University of Chicago Press: 191.

WEIR J. 2011. Lev Tolstoy and the alibi of narrative[M]. New Haven [Conn.]: Yale University Press.

WILLIAMS G. 1990. The influence of Tolstoy on readers of his works [M]. Lewiston, N. Y. : Edwin Mellen Press.

(二）期刊论文

ALLEN S L. 2002. Reflection/refraction of the dying light: narrative vision in nineteenthcentury Russian and French fiction [J].

Comparative Literature,54(1):2-22.

ANDRIANOVA A. 2016. Narrating animal trauma in bulgakov and Tolstoy[J]. Humanities,5(4):84.

CARDEN P. 1978. The expressive self in War and Peace[J]. Canadian-American Slavic Studies,12(4):519-534.

CHRISTOYANNOPOULOS A. 2008. Lev Tolstoy on the state: a detailed picture of Tolstoy's denunciation of state violence and deception[J]. Anarchist Studies(16):20.

DEBLASIO A. 2014. "Nothing in life but death": Aleksandr Zel'dovich's target in conversation with lev Tolstoy's philosophy of the value of death[J]. The Russian Review,73(3):427-446.

DENNER M. 2015. Resistance is futile, but nonresistance might work: the east and Russia in Tolstoy'spolitical imagination,1905-10[J]. Kritika:Explorations in Russian and Eurasian History,16(1):37-55.

DJEMILEVA A A. 2019. Lev Tolstoy and Crimean Tatar literature[J]. Language and Text,6(1):17-21.

DUNLOP J B. 1984. The novelist as icon[J]. Times Literary Supplement (5):11-34.

FOSTER J. 2013. Lev Tolstoy:toward an emotionally infectious world literature[J]. A Companion to World Literature(1):1-11.

GILLESPIE D. 2015. Filming the classics: Tolstoy's resurrection as "thaw" narrative[J]. Procedia-Social and Behavioral Sciences (200): 11-19.

HAGAN J. 1969. Ambivalence in Tolstoy's "the cossacks"[J]. NOVEL: A Forum on Fiction,3(1):28.

HOOPER C. 2001. Forms of love:Vladimir solov'ev and lev Tolstoy on Eros and ego[J]. The Russian Review,60(3):360-380.

KLIMOVA S M. 2021. Dostoevsky-strakhov-Tolstoy: toward to the story of one conflict[J]. RUDN Journal of Philosophy,25(1):72 – 88.

KOKOBOBO A. 2012. Altered worlds and defiled subjects: the grotesque aesthetics of Tolstoy's resurrection[J]. Tolstoy Studies Journal (24): 1 – 15.

NIKOLSKY S A. 2014. Lev Tolstoy: a Russian view of the world and man in it[J]. SENTENTIA European Journal of Humanities and Social Sciences,1(1):9 – 24.

NURALOVA S. 2009. Mrs. Henry Wood and Lev Tolstoy: formulation of a question[J]. Tolstoy Studies Journal (21):47 – 50.

PANKENIER S. 2009. The birth of memory and the memory of birth: daniil kharms and Lev Tolstoyon infantile Amnesia[J]. Slavic Review, 68(4):804 – 824.

PORUS V N. 2017. A never-ending dispute over morality[J]. Russian Studies in Philosophy,55(5):320 – 335.

SEREBRIANY S D. 2018. A letter to (Russian) liberals (1896)[J]. Series Philosophy & Social Studies,4(2):252 – 260.

SHCHUKIN V. 2012. Where does Lev Tolstoy begin? [J]. Russian Studies in Literature,48(3):5791.

TAPP A. 2007. Moving stories: (E)motion and narrative in Anna Karenina[J]. Russian Literature,61(3):341 – 361.

TOLAND K. 2012. Path of life: Lev Tolstoy's prescriptive spiritual diaries[J]. Tolstoy Studies Journal(24):15 – 25.

WACHTEL A. 2012. Severed heads and living corpses: Lev Tolstoy's hadji Murat[J]. Region: Regional Studies of Russia, Eastern Europe, and Central Asia,1(2):285 – 296.

YOKATA M T. 2001. Tolstoy, Attila, Edison: the triangular construction of a "peace-loving" Russian identity across borders[J]. The Slavic and East European Journal,45(2):217.

(三) 论文集

FOREHAND P M. 2014. Poetics of Lev Tolstoy's kholstomer[D]. Eugene:University of Oregon.

JOHNSON Z S. 2016. Desire,event,vision:forms of intersubjectivity in the nineteenth-century Russian novel[D]. Berkeley:University of California.

MCDOWELL A R. 2001. Situating the beast:Animals and animal imagery in nineteenth-and twentieth-century Russian literature[D]. Bloomington:Indiana University.

PFOST F M. 2005. Pessimism,religion,and the individual in history:the meaning of life according to Lev Tolstoy and émile Zola[D]. Indianapolis:Marion University.

REISCHL K H. 2013. Objective authorship:photography and writing in Russia,1905—1975[D]. Chicago:The University of Chicago.

REWINSKI Z D. 2010. Dostoevsky and Tolstoy's oblique responses to the epidemic of Chernyshevskian philosophy[D]. Oberlin:Oberlin College.

三、俄文文献

Гордов К. Д,2000. Ответы предания:жития святых в духовном поиске Лва Толстого[M]. СПб. :Наука.

Гусейнов А. А,2009. Великиепророки и мыслители. Нравственные учения от Моисей до наших дней[M]. М. :Вече.

Дунаев М. М,2001. Православие и Русская литература. В 6-ти частях

[M]. М. :Христианская литература.

Дунаев М. М, 2003. Православие и русская литература, Ч. IV[M]. М. : Христианская литература.

Дунаев М. М, 2019. Вера в горниле сомнений[M]. М. : Православная Художественная литература.

Есаулов И. А, 1995. Категория собоности в русской литературе[M]. СПб. :Издательство Петрозаводского университета.

Кравцов Н. И,1996. История русской литературы второй половины XIX века[M]. М. :Издательство Просвещение.

Кулешов В. И, 1983. Книга о выдающихся произведениях русской литературы[M]. М. :Издательство Детской Литературы.

Николаева Е. В, 2000. Художественный мир Льва Толстого: 1880—1890—е годы[M]. М. :Флинта.

Разумихин А. М, 2009. Радости и горести счастливой жизни в России: Новый взгляд на《Войну и мир》[M]. М. :ОАО Московские учебники и Картолитография.

Сливицкая О. В, 2009. Истина в движеньи: О человеке в мире Л. Толстого[M]. СПб. :Амфора.

Соколов А. Г, 1996. История Русской Литературы конца XIX века[M]. М. :Издательство Высшая школа.

Толстой Л. Н, 1985. Собрание сочинений: В 22 томах [M]. М. : Художественная литература.

Хализов В. Е, 1996. Теория Литературы [M]. М. : Издательство Высшая школа.

Храпченко М. Б, 1980. Лев Толстой как художник [M]. М. : Издательство Художественной Литературы.

致　谢

多年以前,我的导师张杰教授将他的珍藏版《托尔斯泰论文集》《托尔斯泰和中国古典文化思想》和《洞烛心灵:列夫·托尔斯泰心理描写艺术新论》三本书交于我手,成全了我和列夫·托尔斯泰的初遇之缘。接下来便是掺杂着好奇、求知的阅读和逐步拓展的解读阐释,历经从兴奋到郁闷、从焦虑到从容、从沮丧到自信、从仰望到审视的漫长过程,直至今日在博士论文基础上本书的完稿。

这些年的读书时光有辛苦,也有点滴成长的喜悦。本书的研究对托尔斯泰创作研究的复杂庞大体系而言,显然只是一个尝试性探究,文中的观点尚有诸多不成熟之处,有待诸位专家学者批评指正。

首先,我要感谢我的导师张杰教授,是他引领我踏上学术之路,带我走进洛特曼的文化符号学王国。张杰教授不仅总是热情地鼓励我在学术道路上努力进步,而且注意开启我的思维,提高我判断、分析问题的能力。导师深厚的学识、敏锐的思想、不拘一格的思路、宽容开明的性情不仅使我掌握了基本的学术研究方法,更在我困惑迷惘时,为我拨云见日、指点迷津,助我走出困境,树立学术自信。

其次,本书的完成,还离不开多位专家教授们的帮助与指导。感谢冯玉芝教授、王永祥教授、管海莹教授、许诗焱教授、王冬竹教授、叶林教授、杨靖教授、张莉教授、朱建刚教授,他们对我的论文开题和后续修改提出了大量有针对性、启发性的宝贵建议,在此我向他们表示深深的谢意!

同时,感谢博士求学期间遇到的所有老师:魏燕教授、倪传斌教授、辛斌教授、张辉教授、姚君伟教授、王晓英教授、余红兵教授等,他们开设的相关课程,以及他们丰厚的学识帮助我拓展了我的专业知识、写作思路和研究方法。

  最后,特别感谢我的父母,感谢他们对我求学期间的理解支持和默默奉献,使我能安心完成学业,并给予我不断前行的勇气和力量;感谢爱人给予我温暖的肩膀和无穷的动力;感谢我的女儿,她总是用她最纯真的笑容,化解我的焦虑与烦恼;还要感谢所有帮助过我的亲朋好友,没有他们的帮助就不会有我今天的成果。